到陰間去

衛斯理著

自序

這個衞斯理故事，不用第一人稱記述。小說的寫法千變萬化，曾看過通篇用第二人稱「你」字寫的，很特別。

用第幾人稱並不重要，重要的是小說本身好不好看。請大家看了之後說說看。

倪匡一九九一年
七月二十五日

目錄

一、「我要叫他活回來！」

王大同的死訊傳出之後，所有人的注意力，都集中在一個問題上，李宣宣到哪裡去了？

李宣宣是駕駛衞斯理那輛獨一無二的車子離去的。

不必警方出甚麼力去搜尋，衞斯理就知道他的車子，在甚麼地方，那是一個絕不應該出現汽車的地方——這至少證明，李宣宣到過這個地方。

這個地方，是一個廢棄了的深度達到三百六十公尺的舊礦坑，煤礦的礦坑。

在衞斯理的住所，當所有人問白素李宣宣的下落時，白素說不知道，衞斯理也不動聲色。

衞斯理和白素之間，極有默契，他們甚至於不必交換眼色，而且，衞斯理就算一時不明白何以白素要那麼做，他也會毫無保留地支持白素的所爲，當然，反過來也完全一樣。

這一次，情形多少有點不同的是，他們兩人之間，並沒有討論這件事，即使剛才他們有兩小時的悠閒時間，可是衞斯理好幾次想提起，終於沒有說出口——他怕自己的話一出口，就破壞了當時那種寧逸舒適的氣氛，那種閒適，對於他和白素來說，都十分難得。

衞斯理知道的是：就算李宣宣沒有對白素說她要到哪裡去，白素也很快可以知道。不但白素可以知道，他，衞斯理，也一樣能知道。

可是，白素顯然不想知道——不但她自己不想知道，而且，也不想衞斯理知道。

所以，白素才會提議散步，而且，散步的時間將近兩小時。

她分明是給李宣宣兩小時的時間，讓她可以到達她想去的地方！

聽起來好像很複雜，但只要一揭開謎底，事情却再簡單不過——衞斯理的那輛車子中，裝有訊號發射儀，而接收訊號的儀器，就在他的書房之中，訊號發射的有效距離是二百二十公里。

也就是說，以衞斯理的書房爲中心，二百二十公里爲半徑，作一個圓形，只要不逸出這個圓形，不論李宣宣把車子駛到哪裡，進入衞斯理的書房，開啟訊號接收儀，就立刻可以知道！

車上有這種設備，白素也知道。而李宣宣要去的地方，如果是在兩百公里之外，她應該選擇其他的交通工具——她要借用白素的車子，理由就是「你的車子速度高」，可知她極是急切，想到達目的地。

白素給了李宣宣兩小時的時間，也恰到好處，那可以駛出超過兩百公里了，足夠她到達目的地。

衞斯理猜想，他們一回家，白素就會立即到書房，去察看李宣宣的行踪，那時自然可以進一步地討論問題，或是採取行動，所以他才忍住了甚麼也不問，以免破壞了氣氛，因爲事情很快就會明朗化。

他也料到，在白素和李宣宣之間，必然有着若干秘密的默契，到那時，自然也會隨着事態的發展而揭露，不必急於一時。

所以，性子急得出名的衞斯理，這一次，竟然出奇地沉得住氣！

可是，當他們一回到家裡時，陳長青、黃堂、小郭，乃至祖天開，都已群集在他們家中，帶來了王大同在醫院死亡的消息。

那是出乎他們意料之外的事，黃堂又發現了病房之中，有攝錄裝置，拍攝到了王大同臨死之前的怪異行徑。意料之外和不可思議的事接連發生，衞斯理和白素，自然不能拋下各人，到書房去察看李宣宣的行踪。

而且，精明過人的黃堂，顯然也想到了白素和李宣宣之間，有着他人不知的秘密，所以一再向白素問及李宣宣的去向。

而白素連想也不想，就回答說「不知道」。

白素在那時說「不知道」，不能說她在撒謊，因為那時，她確然不知道。她可以在利用訊號接收儀之後，知道李宣宣去了何處。但是「可以知道」並不等於她那時「已經知道」。所以白素在說的時候，十分坦然。

衞斯理卻覺得事情出奇，因為王大同死了，這個死亡的消息，應該儘快讓李宣宣知道才是，而白素仍然不說出可以知道李宣宣去了何處，必有深意，衞斯理也就毫無保留地支持了她。

這時，由於錄影帶中所顯示的情形，如此驚人，所以衞斯理和白素也很容易掩飾過去。

王大同在臨死之際，聲音淒厲駭人，他叫的是：「她從陰間來！」

陳長青於是發表怪論，說李宣宣既然是從陰間來的，那麼自然是到陰間去了。人人都聯想到了陰間和鬼魂的關係，但白素立即澄清：李宣宣是人，不是鬼，絕對是人！

一時之間，在各人的神情上，可以看出，人人的思緒，都陷入極度紊亂的狀態之中。

在人人都思緒紊亂的情形之下，各人自然而然的動作，是一齊向衞斯理望去。儘管在衞斯理提出了他的見解之後，也不是個個都同意，但大家總希望先聽聽他的意見。

所以，在混亂了一陣之後，眾人的目光，集中在他的身上，也靜了下來。

衞斯理也當仁不讓，他舉了舉手——那是他在有話要說時的一個習慣。

然後，他先提出了一個問題：「假定王大同在臨死之前，神智清醒，那麼，最關鍵的問題是：他口中的『陰間』，是甚麼意思？」

沒有人回答這個問題，衞斯理又提出了第二個問題：「王大同說『她從陰間來』，再假定這個『她』就是李宣宣，那麼，他是如何知道的？」

衞斯理問出了第二個問題時，望向祖天開。

衞斯理是知道第二個問題答案的——王大同自「許願鏡」中得知。而許願鏡一事，是一個秘密，衞斯理是在詢問祖天開，可不可以把這個秘密公開。

祖天開領會了衞斯理的意思，反應又快又堅決，他十分堅決地搖頭。

這種情形，都落在在場各人的眼中，各人都不是等閒人物，自然知道有甚麼事正在發生，於是，各人也有了強烈的反應。

陳長青先叫了起來：「太不公平了！大家一起行事，你們却眉來眼去，另有秘密！」

衞斯理冷冷地道：「陳先生，從來也沒有人邀請過你共事，你最好明白這一點！」

陳長青鼓着氣，無以爲應。

黃堂提高了聲音：「警方有權知道一切內情！」

這一次，祖天開也口舌不饒人，他啞着聲音道：「官老爺，試試用刑，嚴刑拷打，三木之下，何求不得？」

黃堂臉色鐵青，小郭則冷笑一聲：「看來衞先生也不會有甚麼好見解了，說話吞吞吐吐的人，會有甚麼好主意發表出來！」

衞斯理一揚眉：「小郭，每個人都有他不能公諸同好的一些秘密，像閣下，究竟是基於甚麼理由參加進這件事情中來的，就是一個謎！」

小郭大聲道：「我受人委托。」

衞斯理疾聲追問：「受誰的委托？」

小郭把臉漲得通紅，再也說不出話來。

衞斯理攤了攤手，盡量把語氣放得平和：「祖先生有一些秘密，不想別人知道，那種情形很正常——」

陳長青叫：「如果和整件慘案有關，就應該公開！」

衞斯理想了一想：「和整件事有關，也可以不公開！」

他不能說「許願鏡」的神奇作用和事情無關——不但有關，而且極可能整件事，還是由王大同自許願鏡上，知道了李宣宣是從陰間來而引發的。

但是祖天開如此堅決反對把事情公開，衞斯理暫時，也不能違背他的意思，所以，他只能那樣說！

陳長青知道，衞斯理不說，無法逼他說出來，而他又極度不滿，所以悶嗚一聲，用力一摔，轉身向外便走，準備揮袖而去。

衞斯理笑了一下，大聲道：「照我的想法，王大同口中的『陰間』，一定和普通的理解，有些不同。」

他並沒有挽留陳長青，只是自顧自說話，他知道陳長青的好奇心極大，在聽了這樣的話之後，心中的氣再大，也會留下來聽個究竟的。

果然，不出他所料，陳長青一聽，在門口，就停了脚步，慢慢轉過身，裝出一副甚麼事也沒有發生過的情形，樣子很惹人發笑。

衞斯理又道：「傳統的，或普通的理解，陰間，是人死了之後，鬼魂存在的一個空間。再具體化一點，陰間和陽世一樣，也有城池、有居所、有社會組織、十殿閻王、十八層地獄等等，我不認爲王大同所說的『陰間』，就是那樣的一個所在！」

陳長青忍不住發問：「你不認爲的根據是甚麼？」

衞斯理一揚眉：「從傳統理解的陰間來的，只能是鬼魂，但是根據白素的判斷，她是人，不是鬼！」

小郭沉聲：「有可能是來自陰間的鬼，侵入了一個人的腦部！」

小郭說的這種情形，有一個通俗的說法：「鬼上身」。

衞斯理搖頭：「不會，因爲她這個人，沒有來歷，若是鬼魂上身，那身體還是有來歷的，所以，她是整個人從陰間來的！」

祖天開雙手擺着：「那麼，你說，大同臨死，說的陰間是甚麼？」

衞斯理瞧了祖天開一眼：「我不知道，因爲我不知道王大同在知悉她從陰間來時，是甚麼樣的情形！」

祖天開緊抿着嘴，不再言語。白素沉聲道：「各位，我想休息了！」

白素下了逐客令！

衞斯理心中喝了一聲采，因爲白素若是不出聲，他也要不客氣了，而且他逐客的話，那些人仗着和他稔熟，效果可能不好，像陳長青、小郭，若硬是賴着不走，也總不能把他們拖出去！

這時，幾個人一起向衞斯理望來，顯然想他留客。可是衞斯理也想他們離去，所以他偏過頭去，假裝看不見。

他也想那幾個人離去，原因很簡單。事情又神秘又複雜，可是黃堂只是站在警務人員的立場行事，陳長青是瞎湊熱鬧。小郭更令人生氣，他竟不肯說出是受了甚麼人的委托來插一脚。而祖天開直到如今，仍不願公開「許願鏡」的秘密，當然也是爲了他自己打算，因爲他使用寶鏡的時間還沒有到。

就算不能說「各懷鬼胎」那麼嚴重，至少也不齊心合力，在一起，對探索整件事，並無幫助。

而且，衞斯理也極想知道李宣宣駕着自己的車子，究竟去了何處，也想知道何以白素會替李宣宣保守秘密，所以他要和白素單獨相對。

祖天開先咳了一聲：「大同的喪事我要辦得風風光光，有很多事要做，告辭了！」

他轉過身，摇晃着高大的身子，走了出去，在門口和衞斯理以及各人揮了揮手，這時，他看起來，神情哀傷，真的像是一個九十歲的老人了。

黃堂遲疑了一下：「有甚麼進展的話，請和我聯絡！」

衞斯理道：「警方有消息，也請告訴我！」

白素在黃堂走到了門口時，忽然說了一句古怪之極的話——她是一個十分細心的人，平日極少會說無頭無腦的話，但這時這句話，却令人人愕然。

她道：「黃主任，請別弄壞了王大同的遺體！」

黃堂在愕然之餘，奇道：「會有人要鞭屍或是戮屍嗎？」

白素接下來所說的話更奇怪，她搖頭：「我不知道，總之，盡可能保持他的身體完整，最好向醫院方面明確地說明這一點！」

黃堂的神情雖然疲倦，可是他仍然目光炯炯地望定了白素，白素坦然和他對望。黃堂知道在任何一方面，都無法壓服白素，所以他最後道：「好，我去辦。」

他說了之後，大踏步走了出去。

陳長青伸了一個懶腰：「好了，全是自己人，說話也容易一些。」

陳長青竟然要起這樣的手段來，令衞斯理失笑。

衞斯理向老蔡道：「客人一時還不想走，你要是支持不住，大可去休息！」

老蔡答應了一聲，走了進去。衞斯理還沒有動作，白素已向樓梯口走去。小郭先衝向門口，大聲道：「我不說委托人是誰，和整件事無關，並不是故意隱瞞甚麼！」

他說了之後，也走出了門。只有陳長青，反倒坐了下來，伸了一個懶腰，笑道：「我也不是沒在府上的沙發上過過夜，客房看來是不歡迎我的了，我且在這裡，自顧自飲酒取樂。」

衞斯理也上了樓梯：「請便。」

他和白素一起上了樓，陳長青還真的在沙發上躺了下來，架起了腿，搖晃着，絕無離去的打算。

衞斯理和白素進了書房，關上門，並且上了鎖，白素已經打開了一個櫃子的門，現出訊號接收儀來操作，不一會，在螢光屏的西北角上，就有一個小亮點在閃動。

衞斯理湊過去一看：「那是甚麼所在？」

螢屏上有着方圓二百二十公里的淺刻地圖，白素立刻知道：「是西北山，那裡極荒涼，有許多早已被廢棄了的礦洞，煤礦礦洞。」

衞斯理大是奇怪：「她到那裡去幹甚麼？有甚麼犯罪集團，在利用廢礦作基地。」

白素皺住了眉，不出聲，螢屏上的那個亮點靜止不動，那證明李宣宣已到了目的地。

她也不知道李宣宣到那裡去幹甚麼！

衞斯理忽然冒出了一句話：「該告訴我了！」

他料定了白素有一些話沒有對他說，所以這時，直截了當地提了出來，白素望向他：「李宣宣駕我們車子走的時候曾說了幾句話，當時連我也不是很理解，現在想起來……感到十分可怕！」

她說到這裡，向衞斯理靠來，衞斯理輕擁着她，感到她的身子，眞的在微微發顫——這令得衞斯理奇怪之至，白素甚麼怪事沒有見過，她竟然也感到眞的害怕！

白素吸了一口氣，一字一頓地道：「李宣宣說的是——」

當時，李宣宣已經坐在車子的駕駛位上，白素站在車旁，在告訴她一些這車子與眾不同的特殊設備。

李宣宣忽然以堅決的語氣道：「我不能讓王大同死，絕不讓他死！」

白素沒有搭腔，因爲閻王話定三更死，誰敢留人到五更。李宣宣當然不會有辦法主宰王大同的生死，白素也只當那是她情緒激動的發洩。

李宣宣略停了一停，語氣更堅決：「就算他死了，我也要他再活回來，不論我要因此付出多大的代價，也要令他活回來！」

李宣宣在這樣說的時候，雙手握住了駕駛盤，她的雙手，其白如玉，隱隱可見青色的血管，這樣一雙美麗的手，這時却像是想把駕駛盤握碎一樣地出力。

白素嘆了一聲，她早已承認李宣宣是一個謎一樣的女人，但這時，她也只以爲李宣宣是太哀傷了，以致情緒激動。所以她伸手，在李宣宣的手背上，輕拍了一下。

李宣宣抬頭望向白素望來，神情認眞，她的一雙大眼睛中，異光閃爍，她道：「我這次去，可能要花一點時間，如果大同……不幸傷重去世，請醫院方面無論如何不要破壞他的身體，我要使他活回來！」

她又一次說了「我要使他活回來」，令白素感到了當時的氣氛，有一股難以形容的妖異，而且也不知說甚麼去回答她才好。

白素只好點了點頭，李宣宣咬着下唇，已經發動了車子，發出轟然巨響，駛了出去。

白素倒不是故意不對衞斯理說起這個經過，而是她感到，李宣宣的話，只是悲傷下的胡言亂語，並不值得重視。

可是，突然之間，王大同確然死了，而且，在王大同的口中，得知李宣宣「從陰間來」，李宣宣的話，就另有意義了！

所以，這時在書房中，白素將這一段經過，說了出來。

衞斯理聽了之後，呆了好一會，才道：「她……她真是從陰間來的？」

白素也道：「她也真的到陰間去了？」

白素這樣問，自然有道理。李宣宣預知王大同會傷重不治，她下定決心要王大同就算死了也活回來，那麼，當然要到陰間去，索回王大同的鬼魂，再把王大同的鬼魂帶回陽世，令王大同活回來！

不論對「陰間」這個詞作甚麼樣的理解，它總是「陽世」的相反詞——人活着，聚集在陽世，死了，自然集中在陰間！

所以，陳長青的胡言亂語，真有可能說中了：李宣宣到陰間去了！

衞斯理指着螢屏：「那裡就是陰間？她能駕着我們的車，直駛到陰間去？」

白素也覺得若是那樣，那眞的太不可思議了，所以她搖了搖頭。

二、通向陰間之門

衞斯理一拍桌子：「不必在這裡亂猜測，去找我們的車子，就會有結果！」

白素迅速地向門指了一指，而衞斯理幾乎在同時，就向窗口指了一指，兩人發出了會心的微笑，在那剎間，他們已各自交換了意見！

白素在問：「怎麼對付陳長青？」

衞斯理的回答是：「我們從窗子出去！」

白素取過了一具小型的訊號接收儀，衞斯理打開了窗子，兩人一起攀窗而出，落地之後，轉過了街角，兩人都開懷暢笑起來。

他們走出了幾條街，衞斯理在一輛車子旁邊，停了下來，向白素作了一個手勢。

白素搖頭，作了一個鬼臉，苦笑：「越活越倒回來了，唉，竟然要替偷車賊把風！」

衞斯理笑：「情非得已，借車子一用，總叫還車的時候，讓車主稱心如意。」

就這兩句話之間，衞斯理已打開了車門，一側身，進了車子，白素上車之後，衞斯理已發動了車子。

開始，他們還說有人跟踪，但顯然沒有人料到他們會那麼快就採取行動，所以並無跟踪者。

白素取出了小型的訊號接收儀，小小的螢屏上，那亮綠的一點，仍然在原處停留不動。衞斯理把車子開得飛快，那時已接近午夜，出了市區之後，車輛並不多，在轉上了通向西北向的公路之後，更是暢順無比。

雖說是在路邊隨便「借用」了一輛車，但是衞斯理也不是沒有挑剔選擇的，他熟知各種牌子各種型號車輛的性能，所以他選擇的車子，他知道性能極高。這時，那車子果然不負他所望。

白素每隔些時，便報告一下距離，等到距離縮短到了只有二十公里時，公路兩旁出現的，是一片奇景。

那是一大片亂石崗子，起伏連綿的崗子上，全是大大小小的石塊，那是地質學的一項奇蹟，不知多少年之前，由於地殼的變動，使一座石質鬆脆的大山，整座崩場。那是眞正的山崩地裂，造成的結果，就成了一大片亂石崗。

在亂石崗上的石塊，大的有十多公尺高，宛若一座小山，小的也有排球那麼大。在月色下看去，荒涼無比，宛若在第二個星球之上。

由於城市的發展，市區擴大，這一帶，本來離市區甚遠，現在也成了近郊，所以這片自然界的奇景，目前也成了郊遊的重點。

在公路的兩旁，有不少支路分出去，可以看到有些屋子，車子，還有燈光透出來，看來很是詭異。

車繼續向西北行駛，不多久，就進入了西北山區，公路已經到了盡頭，有一條通向山中的路，勉強可以行車，但是崎嶇不平。

直到這時，白素和衞斯理互望了一眼，才明白了李宣宣要借用他們車子的眞正原因！

衞斯理停下了車，一時之間，思緒紊亂，他首先想到的是：李宣宣眞不簡單！

他道：「李宣宣要用我們的車子，她竟然知道我們的車子，有優秀的越野性能！」

白素吸了一口氣：「是，眼光很好，但是只要對汽車有認識，那並不困難。」

衞斯理悶哼了一聲：「她在那時，已經決定來這裡，可是她却不告訴你！」

白素始終維護着李宣宣：「我也沒有告訴她車上有訊號發射，我們可以跟踪她！」

衞斯理再向前駛，駛出了不到一公里，已經寸步難行了，除非有他那部經過特別設計、改裝的車子，怕只有坦克車才能開過去了！

而在路的兩旁，也豎着巨大的告示牌。

在「警告」兩個紅色的大字之下，是觸目驚心的骷髏和股骨交叉的表示危險的記號——那是世界性的標誌，任何人一看，就可以知道它所代表的意義。

然後是警告文字：「由此前往，是早經廢棄之煤礦礦址，該區極其危險，處處充滿死亡陷阱，有關方面正在計劃清理，任何人士，切勿進入，若在該區內遇險，並無任何拯救措施，切切注意。」

警告牌上的語氣是如此嚴厲，看了之後，再要進去，自然可以，當然是生是死，所有的責任都要自負，與人無尤！

衞斯理和白素下了車——警告雖然嚴厲，但當然阻不了他們。問題是，他們要步行前往目的地！

兩人都只考慮了幾秒鐘，就一起向前走去，走出了不到一百公尺，已經全然沒有路，踏足之處，全是及膝的野草和灌木，有許多暗綠色的亮點，在不停閃動，那是各種小動物的眼睛。

在這種情形之下，甚至連衞斯理和白素，也都生出了打退堂鼓的心思。可是有一個現象，却吸引着他們要繼續向前去。

那現象是，在灌木和草叢中，有明顯的車轍，那是不久之前才留下來的，是他們的車子駛過這裡留下的痕跡——這車轍給他們強烈的誘惑，使他們繼續向前。

又前進了百來公尺，白素嘆了一聲：「還有兩公里，前面的情形，可能更惡劣！」

衞斯理攤了攤手：「總沒有回去等她再出現之理。」

白素笑了一下，兩人說着話，脚下並沒有停止，他們同時看到了在草叢中的鐵軌，和歪倒在一旁的一輛在鐵軌上使用的搖搖車。

那當然是舊日礦坑的設備，衞斯理一個箭步躍向前，把搖搖車推上了鐵軌，車身雖然生了銹，可是還可以運作，他和白素上了車，各自壓着搘桿，車子便發出吱格格的聲響，在鐵軌上向前移動。

那是以前要來運煤的，自然直通礦坑，約莫四十分鐘之後，鐵路已到了一個極大的山洞之前。

那山洞顯然是人工挖掘出來的，高大整齊，是礦坑的出入口。

兩人向前望去，巨大的礦洞之中，一片漆黑，而他們的車子，還有半公里的距離，看來李宣宣把車子直駛進去，停在礦洞的深處！

兩人同時取出了一隻小型電筒來，那種電筒雖然很小，但是可以調節光度，必要的時候，可以發出很強烈的光芒照明，是探險者的必備工具。

當然，若使用強烈光芒，使用的時間也相應縮短。他們並不需要太久，只需要前進五百公尺左右，就可以到達他們的車子了。

兩人不約而同，一起使用了強光照明，可是兩人也不約而同，只是着亮了不到一秒鐘，就立刻熄了電筒，讓眼前又變成一片黑暗——不對，剛才那一秒鐘，他們所看到的情景，在他們的視網膜上，留下了印象，這印象又通過了他們的腦部活動，而成爲記憶，記憶是可以永遠存在的，所以雖然他們這時，實際上是甚麼也看不到，但是剛才那種情景所造成的驚悸，却延續着。

他們剛才看到的景象，並不特別恐怖，可是却實在令人戰慄。在兩支強力電筒的光芒下，他們看到，山洞的洞壁上，滿滿是粉紅色，像是根本沒有皮膚，但是又在不斷蠕動的生物，成千上萬，擠在一起！

那是出生不久的小蝙蝠！

這個山洞之中，一定聚居着數以百萬計的蝙蝠——這時全趁天黑，出去覓食了！

滿洞的小蝙蝠，雖然可以通過視覺，使人的心理上產生戰慄感，可是沒有實際上的危險。但如果在這洞中聚居的大蝙蝠，有百分之一覓食歸來，他衞斯理和白素，再神通廣大，也無法對付像潮水一樣湧進洞來的蝙蝠羣！

電筒熄了之後，兩人都向對方伸出手去，手心滿是汗，緊握在一起。

衞斯理低聲道：「別用強光，只照地上！」

白素也立即道：「快速前進，一到達車子旁邊，就安全了！」

兩人都沒有退縮的意思，他們同時已着亮了電筒，只照地上，地上有許多坑窪，積水反射出可怕的光芒，而且空氣之中，也充滿了極異樣的氣味。

他們快速前進，兩人都有非凡的武術根底，這種不算是太惡劣的環境，自然難不倒他們。

不一會，就看到了他們的車子，兩人挨到了車前，迅速進入了車廂，才各自深深吸了一口氣。

李宣宣不在車中——這是意料中的事，不過他們也很難想像，如李宣宣這樣的一個大美人，嬌嬌柔柔的，怎麼會到這種地獄一樣的環境中來！

兩人想到這裡，同時震動了一下，起了另外一個念頭：莫非這裡就是陰間？

但那只是一時間的聯想——這裡當然不是陰間，只是一個廢置了的煤礦。衞斯理對這種舊式的煤礦結構，有相當程度的了解。這時車子的前面，不到兩公尺處，就有一個礦井，礦井直通地底，可以深達五百公尺以上，在礦井中，又有四方八面通出去的坑道。

煤礦的礦工，就長年累月，在地下勞作。

衞斯理定了定神：「她下礦井去了！」

白素咬着下唇，點了點頭。

衞斯理悶哼了一聲：「她下礦井去幹甚麼？難道那是到陰司地獄去的通道？」

習慣上，「陰間」和「地獄」總是聯在一起的，兩者之間，甚至可以劃上等號，雖然衞斯理曾提出，王大同口中的「陰間」可能要作有別於傳統的理解，但這時，他也習慣地那麼說。

白素沒有回答，只是看着礦井旁的一個支架。那支架上，有一個相當大的絞盤，也有着搖柄。

衞斯理又道：「如果這裡可以通向陰間，那是和四川酆都的通陰門一樣的了！」

相傳，中國四川酆都縣的一座廟中，有一扇門，可以通向陰間，所以這個縣，別名叫鬼都。

白素喃喃地道：「通向冥府的通道……會在這裡？」

白素又用了另一個詞「冥府」，那和「陰間」也是同義詞，西方的傳說之中，冥府中的眾多鬼魂，是由冥王所統治的。

（若干年之後，衞斯理和白素，才從他們的好朋友，年輕人和公主的一次遭遇之中，知道通向陰間地獄的通路，在地球上有四十九處之多，但已經全被封閉了。）

（陰陽之間的通道，是不是只有四十九處，還是有許多許多，還待努力探索。）

白素說着，着亮了車頭的小燈，把燈光集中在那個支架的絞盤上，絞盤上有一段鐵索，直垂下礦井。絞盤上有數字鍵盤，顯示的數字是「三七二」。

他們都知道，這個數字，表示這礦井的深度，超過三百七十二公尺。而「三七二」這個數字，是表示連接支架的升降籠，這時正在三七二公尺的深度。

用力轉動搖柄，絞盤會把鐵鍊絞上來，鐵鍊連着一隻籠子，那籠子就是最簡單的人力升降機——下去的時候，可以在升降機中控制，但要上來，非有人在上搖動不可。

車子既然停在這裡，可以假設李宣宣下礦井去了——她甚至不考慮下去了之後如何上來，可知她的行動，對她來說，極其必要。不然，她的行動不會那麼堅決，破釜沉舟，不顧一切。

李宣宣可以不考慮如何上來，衞斯理和白素，卻不能不考慮，他們先互望了一眼，衞斯理打開車門，來到了支架之旁，搖動絞盤，他要用相當大的力道，才能搖動，因爲絞盤的一些齒輪，都生了銹。而且，在絞盤轉動之間，發出的聲響極其驚人，在礦坑之中，引起了陣陣的回音。

幸而這裡是礦洞的極深處，不像近口處那樣，有許多蝙蝠聚居。但是這種驚人的聲響，也使得許多居住在礦洞中的老鼠，驚惶地奔來奔去。那些老鼠，有的足有兔子那麼大小，極之駭人。

根據絞盤的直徑來計算，每轉動一次，鐵鍊會被絞起兩公尺，數字鍵盤上的數字，也照這個比例在漸漸減少。不一會，衞斯理已滿頭大汗，白素來到了他的身邊，作了一個手勢。

衞斯理笑：「不必接替，我可以一口氣把升降籠絞上來，你向下照明！」

白素着亮了電筒，向下照去。

動輒就超過一百公尺深的礦井，是人工的奇蹟，在上面着亮強力的電筒，向下照射，理論上來說，光以直線前進，目力應該可以直視井底。

可是事實上並非如此，光柱射下去，不到二三十公尺，光亮就奇異地變得模糊不清，散亂，不再是聚集在一起，像是被甚麼力量打散或弄亂了。

再向下去，光柱就會消失，像是有一張古怪的大口，把光亮吞沒了。

衞斯理向下看，看到顫動的，生銹的鐵鍊，在下垂到了幾十公尺之後，就再也看不見了。他有點駭然：「據說宇宙之中有一種天象，稱作『黑洞』，能夠吞噬光線，不知是不是這種情形！」

白素忙道：「當然不是！礦井下的空氣混濁，這才有光線難以通過的現象！」

說話之間，衞斯理摇得更快，等到數字鍵盤上的數字，變成「六十」的時候，已經可以看到升降籠的頂部了。

在礦井中，搖搖晃晃升上來的鐵籠，看起來像是一個不知名的怪物，不一會，升降籠已升上了礦井，衞斯理停了手，固定了絞盤，兩人一起向升降籠看去，籠是空的，但是很明顯，才被人使用過。

在籠子的底部，本來有着厚厚的煤屑，但這時，煤屑上有雜亂的脚印。而且，在升降籠之中，控制下落的槓桿、齒輪，都有才被使用過的痕跡。

李宣宣確曾利用這升降籠，深入礦井！

她現在在哪裡？還在礦井下面？這樣廢棄的舊礦井，毫無疑問，等於是一個殺人的陷阱。進入這樣的礦井，也就等於進入個死亡陷阱，至少有一百種死亡的可能！

衞斯理和白素，此際有一個自然而然，不由自主產生的想法——他們明知這想法說不過去，難以成立，但是這個想法還是盤踞了他們的腦子。

他們想到的是：李宣宣是通過這個舊礦井，到陰間去了！

而當他們想到了這一點的時候，只感到詭異莫名，陰森之至，他們望着升降籠，迅速地在想：下一步應該採取甚麼行動？

最簡單的答案自然是：也下去，下降到三百七十二公尺的深度，去看看李宣宣究竟在那個深度作甚麼。如果在這個深度，有通向陰間之門，那麼，衞斯理也不會懼怕到陰間去闖一闖！

衞斯理一想到這一點，豪意陡生，雙眉一揚，抬脚就要跨進籠子去。可是白素的動作，比他還快，一伸手臂，把他攔住，緩緩搖了搖頭。

衞斯理向白素看去，看到白素的神情，十分猶豫，也有着很深程度的恐懼。

衞斯理想說「你要是不放心我下去的話，我們可以一起下去」。但是他立即想到，要是兩個人一起下去的話，誰搖動絞盤拉他們上來呢？

兩人之間，只能有一個人下去，不是他就是白素，而他當然不會放心白素單獨下去。那麼，反過來也是一樣，白素也不捨得他單獨下去！

兩人之間連半句話也沒有說過，就互相明白了對方的心意，像這種有限度的心意交流現象，在衞斯理和白素之間，存在已久了。

衞斯理立即提議：「把車子駛出礦洞去，利用車上的通訊設備，通知陳長青或黃堂或小郭，告訴他們有關我們的行動，我們一起下去！」

白素蹙着眉，很認眞地考慮這個提議，同時，她又望向衞斯理，遇到的是衞斯理堅決拒絕她單獨下去的眼色。

事後，衞斯理和白素，回想當時的情形，他們都說：「我們都不是不讓對方單獨去涉險的人，可是當時，在那種氣氛之下，彷彿兩個人一分開，就是生離死別一樣，再也提不起勇氣讓對方單獨下去，反倒是自己，並不怕去涉險，但知道對方一定不會同意，所以也不必提出來了。」

他們感情深厚，彼此都能明白對方的心意。所以白素點了點頭，兩人回到了車子，由衞斯理駕駛，小心地將車子退到了礦洞口。

這時，已可以看到大羣大羣的蝙蝠，遮天蔽雲地飛進山洞去，那是獵食歸來的蝙蝠，自己吃飽了之後，趕回來餵牠們的嬰兒。

蝙蝠是一種十分奇怪的生物，牠們有異乎尋常的敏銳感覺，好像在礦洞四壁上那幾十萬隻小蝙蝠中，大蝙蝠可以有辦法正確無誤地找到牠們自己的兒女來餵食，單是這個本領，已是了不起的生物奇蹟了。

可是，牠們的生命，卻又脆弱得很！小蝙蝠若是一夜得不到食物，就會餓死了。

看到那麼大羣的蝙蝠出入礦洞，很是怵目驚心。衞斯理把車子駛得稍遠了些。

白素道：「不要是黃堂、陳長青或小郭。李宣宣不想他們參與整件事——她曾強烈地表示過這個意願，必須另外找人通知我們的行動！」

三、蝙蝠大災變

衞斯理大是反感：「每一個人都在努力想找出王大同神經失常之謎，她有甚麼權反對這個反對那個？陳長青黃堂小郭，是眼前可以通知得到，而且又有能力辦事的好朋友——我認識原振俠醫生不久，而且也不一定可以找得到他，別理會她願不願意！」

白素吸了一口氣：「好，那就陳長青吧！他各種古怪設備多，叫他帶些設備，儘快來。」

衞斯理遲疑了一下：「黃堂那裡——」

白素嘆了一聲：「警方人員一到，必然是封鎖這一區，我們就無法活動了。」

衞斯理拿起了車上的電話，撥了陳長青的一個電話號碼——陳長青和衞斯理有約定，交換了一個最有效可以找到對方的電話。

電話倒是一響就有人接聽，可是傳來的，卻是電話錄音，要求留言。衞斯理再打自己家裡客廳的電話，也沒有人聽。

衞斯理拿着電話，望向白素，正在這時，忽然，礦洞之中，起了一陣異聲，雖然車窗全已關上，可是那股異聲入耳，還是刺耳之極。

很難形容這陣異聲給人的震撼，那像是千萬人一起擠出來的淒厲慘叫聲！

那陣異聲在才一發生的時候，已是驚人之極，可是它還是以驚人的速度在擴大，整個礦洞，像是在剎那之間，變成了一座炸了開來的地獄，隨着異聲，是一大團烏雲，向外疾湧了出來。

這時，衞斯理手中，還握着電話，他和白素，都曾有過許多怪異莫名的經歷，可是這時，在最初的半分鐘，他們也不免怔呆。

雖然他們很快地就弄清楚發生了甚麼事——那一陣又一陣，撕心裂肺，聽了令人遍體生寒，全身骨頭都發酸的聲音，是成千上萬的蝙蝠正在盡力號叫，而且一面叫着，一面向外飛撲而出。

同時，有更多的蝙蝠，自外面覓食歸來，要進山洞去餵牠們的雛鳥，就在洞口相遇。

蝙蝠有着極敏銳的感覺，雖然牠們的視力極差，可是牠們有特殊的超聲波探測的本能，在高速度的飛行之中，不會碰撞到甚麼東西，兩隻蝙蝠互相碰撞，更是不可想像的事。

可是這時，自礦洞之中湧出來的蝙蝠，却個個都像是瘋了一樣，不但嘶叫着，互相碰撞，而且，也撞進了要回洞去的蝙蝠羣中。

成千上萬的蝙蝠，都陷入了瘋狂的狀態之中，很快地，車子頂上，就傳來了急驟的「拍拍」聲，像是落下了一陣冰雹。

不問可知，那是被撞跌下來的蝙蝠，落到了車頂之上，聲音是那麼密集——也不必想像在車頂上，刹那之間，究竟跌下了多少蝙蝠，因爲只要看看車頭的情形，就可以明白了。

大量的蝙蝠，撞向車前的玻璃，牠們撞得如此堅決，如此勇敢，如此有力，叫人聯想起第二次世界大戰末期日本空軍的「神風自殺隊」。

每一隻撞向玻璃的蝙蝠，都發出了令人寒毛直豎的「拍」的一聲，接着，化爲血肉模糊的一團，連骨帶皮帶肉，就黏乎乎地貼在玻璃上，暗紅色的血，順着玻璃向下淌，形成血腥的，詭異莫名的圖案。

在他們還沒有定過神來之時，整個車前的窗玻璃上，就已經佈滿了不知被甚麼魔力催動而死亡的蝙蝠。雖然死的只不過是小動物，可是死亡的氣味是如此之濃，也令人驚心動魄之至！

白素可能是不忍直視眼前的血肉模糊，所以她的視線，偏了一下。這一下視線的偏移，使她看到，車子外的地面上，已經鋪滿了跌下地來的蝙蝠，那些蝙蝠，在地上，還在拚命嘶叫，拚命搖動着牠們的翅膀——牠們不是鳥，牠們是地球上唯一能飛的哺乳動物，牠們的眼睛，閃着令人心悸的幽光，在這種幽光之中，令人直接地感覺到妖異。

而抬頭向上，已無法看到天空，更多的蝙蝠，把整個天空都遮住了！他們的車子，被蝙蝠擠在天地之間，看起來，像是很快也會被擠成血肉模糊的一團！

白素比衞斯理早了一秒鐘定過神來，可是處在這樣的環境中，他也不免驚惶失措，她定過神來之後的第一件事就是驚叫：「快離開，快！」

要白素驚叫，已是不容易的事，而一叫，居然是要立刻離開，可見那時的情景，是如何可怕。

白素一叫，衞斯理整個人都跳了一下，頭頂幾乎和車頂相碰。

在那一剎間，他心念電轉，想到：礦洞中的蝙蝠，突然瘋狂地向外撲了出來，那一定是在洞中發生了甚麼變化，那變化必然非同尋常，自己是應該走到遠離礦洞，還是駛進礦洞去看個究竟？

衞斯理如果不起這個念頭，而是一聽得白素叫，立刻下了決定，把車子以極高的速度，駛離礦洞，那麼以後事情的發展，自然大不相同了。

可是如果衞斯理的第一反應是這樣子的話，那麼，衞斯理也不是衞斯理了。

事實上，異象一發生，衞斯理就立刻想到：礦洞之中有了異常的變故，不然，蝙蝠不會發狂。

而更重要的是，李宣宣肯定在礦洞之中，不論她從哪裡來，是甚麼妖魔鬼怪，發生在礦洞中的非常變故，都可能和她有關，也不能把她留在礦洞中不顧而去。

所以，在白素叫了之後，衞斯理又有大約兩秒鐘的猶豫。雖然只是兩秒鐘，可是情形却在迅速惡化。白素在叫了之後，也立時知道了衞斯理何以沒有立刻行動，她伸手按下了一個掣鈕，啟動了車子的雨撥。

（注意過汽車的雨撥沒有？那是汽車上必有的裝置，普通之至，可是也奇怪得很——自汽車發明以來，不知有了多少改進，可是雨撥還是和最初一樣，還是要靠兩塊皮，把雨水撥走，而沒有更好的方法！）

雨撥一啟動，整個車前窗，變成了暗紅色，衞斯理在這時，也着亮了車頭燈。

兩股強光射出去，其實也難以看到甚麼，蝙蝠羣已經像是打了包的棉花一樣，把車子擠在牠們之間了！

如果只是衞斯理一個人在，有那麼幾秒鐘的時間考慮，他已足可以作出決定——必然是把車子駛進礦洞去——勇往直前，那正是衞斯理的本色。

但這時，白素和他在一起，他不但要顧及她的安全，也要顧及她的意見。

所以，他向白素望去，白素也立時明白了他的意思，伸手向前一指，指向礦洞——白素的意見，或許不一定和衞斯理一樣，但是她既然知道了他的心意，就必然會照他的意思去做。

衞斯理發出了一下呼叫聲，這種呼叫聲，其實是一點作用也沒有的，可是在衝鋒陷陣的時候，人人都會不由自主，發出這樣的呼叫聲來。

這時，車子要自千千萬萬的蝙蝠之中闖出去，也就和要闖出千軍萬馬的包圍，沒有甚麼分別。

車子在啟動時，竟然像是陷進了污沼潭中一樣，車輪在地上足有半公尺高的蝙蝠上打滑，令得暗紅色的血，飛濺開來，車身震動了好幾下，才陡然向前，疾衝了出去！

衞斯理的車子，有特殊的性能——也虧得這一點，不然，若是普通的車子，絕無法在這種情形下逃得出去，結果是被大羣蝙蝠埋葬，形成駭人聽聞，史無前例的大慘劇。

別看這時，大羣大羣的蝙蝠，都失去了常性，連衞斯理的車子，也像是瘋了一樣，跳躍着衝進了礦洞之中。衞斯理陡然覺得白素冰凍的手，按到了自己的手背之上，同時，聽得白素喃喃地說了一句：「原諒我！」

衞斯理看到白素緊緊閉上了眼睛，他知道白素爲甚麼要那樣做和那樣說，因爲這時，礦洞中的情形，實在太可怕，太令人心悸了！

並不是說白素膽子小，不勇敢，而是女性對某種現象，有一種特殊的敏感，這種敏感，可以形成神經系統不可控制的戰慄。一個很勇敢的女性，可以在一隻小小的昆蟲前嚇得發抖，發出尖叫聲，就是這個道理。

而這時，在礦洞中的情形是，幾十萬隻小蝙蝠，還沒有生出毛來，肉紅色的身子在蠕動，全都從洞壁上跌了下來，鋪滿在礦洞的地上，車子疾駛而過，車輪在牠們的身上輾過！

這種情景，連衞斯理也想閉上了眼睛不去看，只是他總不能任由車子撞到洞壁，所以，只有咬緊牙關，硬着頭皮，睜着眼睛。

幸而那一段時間不長，一到了礦洞的深處，那種可怕的情景消失，只有大羣蝙蝠所發出來的淒厲叫聲，還一陣一陣，自外面隱隱傳來，傳入耳中，仍然不免使人感到一股又一股的寒意。

衞斯理呼了一口氣，白素在這時，睜開眼來，她口唇顫動，像是想說甚麼，可是一時之間，也發不出聲音來。衞斯理伸過手臂去，勾住了她的肩頭，兩人偎依着，很快恢復了鎮定。

但是，他們才一定過神來，又呆住了！

他們一抬頭，強力的車頭燈，燈光正照射在那個礦井旁的支架上。

就在剛才，衞斯理用了不少力，把升降籠從三百七十二公尺深處，絞了上來，而且，鎖緊了絞盤的摇桿，升降籠是在支架之下，礦井之上。

可是這時，他們看出去，却只見支架，不見了升降籠，而且，附在絞盤上的數字鍵，又赫然現着「三七二」這個數字！

這種情形，顯示了甚麼呢？

表示在他們離開之後，有人鬆開了鎖緊的摇桿，進入升降籠，下降到了礦井三七二公尺的深處！

只有這個可能！

就算是李宣宣在礦井之下，想要上來，她也無法把摇桿鬆開。

而未曾把摇桿鎖好的可能也不存在，因爲衞斯理十分清楚自己的習慣，而且，那個扣子生了銹，若不是很用力，也根本移不開，別說會自己脫落了。

而且，在鎖上搖桿的同時，在升降籠之內的下降控制，也是扣上了的。

所以，唯一的可能，就是在他們離開的時候，有人利用升降籠，下到了礦井的深處。

然而，這個可能，却又沒有可能！

除了他們兩人之外，礦洞中不應該還有別人。

難道這裡眞能通向陰間，是從陰間之中冒出來的厲鬼所幹的好事？

一時之間，衞斯理和白素思緒紊亂之至，望着支架上直垂下礦井去的鐵鍊，一句話也說不出，過了好一會，兩人才齊聲問：「誰？」

他們是在互相問：「是誰？誰下了礦井？」

問了之後，他們又動作一致——一起搖頭。

衞斯理伸手向礦井下指了一指，他思路縝密，剛才由於變故來得實在太突然，所以他難免有一個短暫時間的慌亂，這時，他已經有了一定的設想。

他道：「蝙蝠的感覺十分敏鋭，尤其對超聲波，有特殊的感應能力，要使蝙蝠群集體瘋狂，也就是有超聲波能達到這個目的。」

白素沉聲問：「你的意思是——」

衞斯理道：「我的意思是，剛才這裡一定有足以令蝙蝠瘋狂的超聲波發出過！」

白素揚眉：「誰會發出這類的超聲波？」

衞斯理苦笑，礦洞中的情形如此陰森恐怖，現在又加上有一個神出鬼沒的人，（這個人的存在，以衞斯理和白素之機靈，竟還未能覺察），而且，這個人還有可能發出令蝙蝠瘋狂的超聲波！

他們兩人處境之惡劣，可想而知。

洞口處的異聲，像是靜了許多，衞斯理苦笑了一下：「若是有人在我們離去了之後，用升降籠下了礦井，這個人比我們優勝得多，也比我們多冒險精神。」

白素低頭想了一會：「有可能，這個人根本屬於礦井下面的。」

白素這一句話，才一入耳，不是很容易明白，但是略想了想，衞斯理便知她所指——她假設礦井之下，有通道可以通向某處，那是李宣宣要下礦井的原因。

那個「某處」，其實可以用王大同口中的「陰間」來替代——但衞斯理暫時不願意那樣做，因為他對於王大同口中的「陰間」，究竟應該作甚麼樣的理解，還沒有結論。

李宣宣要朝「某處」趕去，做一些事，那麼，「某處」自然可能早有人在，那麼，原屬於某處的人下礦井，等於是回家，也就說不上甚麼冒險精神和勇敢了！

衞斯理明白了白素的話之後，點了點頭，表示同意。

白素又道：「如果下礦井的是一個人，那就容易決定得多！」

衞斯理雙掌互擊：「是呀，如果是我一個人，我早下去了，相信你也是！」

白素笑得很甜：「我們都關心對方，這就難免兒女情長，英雄氣短，其實，我們在一起，行動上必然比一個人單獨更有利！」

衞斯理一揚眉，白素的語音輕柔，可是這兩句話，卻說得氣概萬千，她「哈哈」一笑：「早該如此，也不必見到如此可怕的場面。」

衞斯理指出，自然是他們如果早決定了一起下礦井，不退出去，也就不會遇上那場蝙蝠大瘋狂了！

白素猶有餘悸：「眞是駭人！」

說話之間，衞斯理已熄了車子的引擎，在那一刹間，他呆了一呆：「李宣宣駕車，直來到這裡，她也還鎮定得很，熄了引擎，把車匙放在車上，把車門也關得好好的。」

白素吸了一口氣：「而且，她絕對沒有一去不回的打算，所以她必然有上礦井來的辦法。」

衞斯理不禁伸手在自己的頭上，拍打了一下——剛才他沒有立刻決定下去，就是由於怕兩人全下去了，難以上來之故。却沒有想到，如果在礦井之下找到了李宣宣的話，她必然有辦法可以上來的。

衞斯理來到了支架之旁，又開始搖動絞盤，絞盤在經過上次的搖動之後，鐵銹已剝落了許多，因此在再搖動的時候，便沒有那麼吃力。

不一會，升降籠又發出聲響，籠吱嘚吱嘚地被搖了上來，白素一直亮着電筒，籠子才一升上來，她向籠內一看，就陡然現出驚訝無比的神情。

這時，衞斯理由於所站的角度不同，他只能看到，升降籠中空無一人，可是白素的眼光，投向籠底，衞斯理却看不到那一部分。

白素抬起頭，向衞斯理望來，衞斯理一步跨過，向籠底看去，也不禁怔呆。

籠底有一層煤屑，他們上次把籠子絞上來的時候，籠底的煤屑上，是一些雜亂的脚印，證明才有人用過升降籠。

而這時，籠底的煤屑，十分平整，當然是有人故意弄平的。而在弄平了的煤屑之上，有一個字清清楚楚地寫着。

那是一個「郭」字！

這個「郭」字的寫法，衞斯理再熟悉也沒有，就是郭大偵探，小郭的簽名式！

當他們在洞口遇上蝙蝠的災變時，下了礦井的人，竟然是小郭！

既然那個「郭」字，明明白白指出了這一點，可是衞斯理和白素，還是不由自主搖了搖頭，表示難以相信。

小郭在離開他們住所之後，怎麼可能和他們一起到達此處。

他們前來的時候，絕無跟踪者，衞斯理絕對可以肯定這一點——要是他連這點都不能肯定，早就在冒險生活中被淘汰了，那容他混到現在！

可是現在，小郭和他們幾乎同時到達，在他們的進入礦洞之後，小郭跟了進來——那時，由於才進入一個陌生的，全然不知會發生甚麼危機的環境，又絕想不到會有人在身後亦步亦趨，所以小郭只要小心些，也就很容易不動聲色地跟在後面。

接着，便是衞斯理吃力地絞起升降籠——可惡的小郭，竟然躲在一邊，不出來相助。

等到衞、白二人上了車，駛出礦洞去，小郭一直趁機行動，進入了升降籠，直下礦井三百七十二公尺的深處——這些情形，都不難推測。

成爲謎團的是：其一，是甚麼原因導致蝙蝠群出現災變？其二，小郭是怎麼來的？第三個，也是最令人大惑不解的是：在這件事上，小郭全然沒有必要這樣探險，就算他受人相托，值得拿命去換嗎？下降到礦井，深處超過三百公尺，其兇險的程度，和走進食人蟻的覓食區域，也相差無幾了！

是甚麼原因驅使小郭去進行這樣的冒險行爲？

白素顯然也有着同樣的疑惑，所以兩人都有超過一分鐘的沉默。

四、對付神秘漆器

白素先打破沉默：「至少，他在下降到三七二公尺的深度之後，還是平安無事！」

衞斯理點頭：「那當然，他在離開升降籠的時候，還能把煤屑弄平，再寫上一個『郭』字。」

再接下來，或是現在，正有甚麼事發生，那就不知道了。

衞斯理眞想對着礦井，大聲叫：「小郭，你在搗甚麼鬼？」

不過，他當然不會那樣做，宏亮的聲音在礦井中引起的來回聲波震盪，可以令得礦井崩塌，新的尚且不免，何況這個礦，不知荒廢了多少年，所有的支柱井架，都是怕已經朽腐了！

發現了已經下了礦井的是小郭，雖然事情意外之至，但是衞斯理和白素，還是很佩服他的勇氣。衞斯理握住了白素的手，兩人一起跨進了升降籠，籠子搖晃了一下，衞斯理一手握住了籠中的下降控制盤，伸手出去，鬆開了支架上的摇柄，籠子就發出聲響，向下落去。

才落下了不到二十公尺，就看到了向橫伸延開去的坑道，空氣倒還正常，可是黑暗得異乎尋常，電筒光芒，射不出多遠。

下降到了一百公尺處，他們至少已經經過了五層坑道。

每當經過一層坑道時，衞斯理總會停止一會，聽聽動靜，而除了滴水聲之外，也甚麼聲音都聽到。

再向下降，看到的坑道，有一些，已經崩塌，落下來的石塊，堵塞住了坑道。

每次，衞斯理深入煤礦（他有多次下煤礦的經驗），總是十分感嘆。由於煤礦深入地下，幾乎甚麼樣的怪事，都可能發生——還記得「眼睛」這個故事嗎？史前來到地球的外星妖孽，就深藏在煤層之中！

就以煤礦本身作爲故事題材的話，寫一百個故事也寫不完。但這個故事不是寫煤礦，看題目就可以知道，寫的是陰間。所以，衞斯理這次下煤礦，只不過是深入地底，經過煤礦而已。

升降籠越向下落，氣氛也越是陰森，升降籠搖晃時所發出的「吱唧」聲，聽來也很驚心。衞斯理不禁大是佩服小郭的勇氣，因爲這時，他和白素在一起，兀自覺得有點心頭發凜，猜想小郭獨自下去的情形！

不過細心一想，小郭是聰明人，他在籠底留下了「郭」字，自然是通知衞斯理和白素，他下礦井了，希望在上面有人接應。而衞斯理和白素，也接着下來，上面沒有了人，這一點，只怕是小郭想不到的了！

已經證明，人深入海底或是地底，生理會受環境的影響，特別容易胡思亂想，嚴重的，甚至生出幻象，以爲那是眞的事。

衞斯理自然懂得控制自己的情緒，可是越向下去，思潮起伏，也難以避免。他想起了小郭，就脫口說了一句：「小郭是聰明人……也很勇敢……唉，他硬是不肯說出他的委托人是誰，似乎也可以原諒，看，他竟然可以爲了他的委托人冒這樣的險……」

幾乎在任何的情形之下，白素都比衞斯理鎭定得多，此際自不例外，白素把手放在衞斯理的手背之上，這樣，可以使衞斯理鎭定些。

衞斯理天馬行空式的思緒，忽然一下子又轉了向，他望向白素。這時，一直往礦井下降，也穿過厚厚的煤層，在電筒光芒的照耀下，煤層閃耀着漆黑閃亮的光，那是質量極其上乘的無煙煤，這種煤，是由於地球表面，在億萬年之前，發生了天翻地覆的變化時，把大批森林埋向地下，在高壓下形成的，每一塊煤，都可以告訴人這種變動是如何日月無光，生命成群毀滅，多麼可怕！

在那種異樣光芒的照耀下，白素的臉色，看來格外蒼白，衞斯理看了她一會，移開視線，又落在一大片很是平滑的煤層上，他陡然震動了一下。

白素這時道：「別胡思亂想，下面不知道有甚麼危機，需要我們全力應付……」

白素提醒衞斯理集中精神，可是已經慢了半步。衞斯理的視線，一接觸到了那平滑的煤層，他就想起在李宣宣的臥室之中，那個漆黑的，表面光滑無比的六面方形物體來，他在一震之後，失聲道：「我明白了，在李宣宣房中的那東西，是……一塊煤塊……」

那當然不是一塊真正的煤塊，真的一塊那麼大的煤塊，重量至少超過一千斤，那是用脫胎漆器製造出來的一件工藝品，製成一塊大煤塊的模樣。

白素並沒有反應，她不想在這種環境之下去推波助瀾，增強衞斯理的幻想。

衞斯理吸了一口氣：「你和她相熟，她有沒有向你說起過那東西是煤塊？」

白素回答得簡單：「沒有！」

衞斯理還在追問：「她有說那是甚麼？」

白素沉聲道：「她說過，那是一件工藝品，她喜歡它的造型，線條分明，外形簡單，一看就可以知道那是甚麼東西！」

衞斯理聽得白素這樣說，不禁叫了起來：「一看就知道那是甚麼東西？」他叫得大聲，在礦井口，引起了一陣「嗡嗡」的回聲，白素伸指在他的口唇邊輕按了一下：「你別往複雜的方面去想，那就是一個方形體，再簡單不過，一看就明白。如果你向複雜的方向去想，自然難以明白！」

衞斯理聽了之後，一時之間也說不出話來——豈止是那個方形體，世上的任何物，任何事，幾乎都可以作如是觀。衞斯理笑了一下：「你能這樣想，我能接受你的想法，但只怕祖天開不會這樣想——王大同死了，祖天開的行爲可能脫韁，嗯……陳長青也不會肯，他用X光透視沒有結果，一定會有進一步的行動，這漆器要遭殃……」

白素笑而不語，因爲她也早已想到了這一點。

王大同死了，李宣宣下落不明，許願寶鏡不知所踪，種種謎團，無法解開，那件漆器，成了李宣宣留下來的唯一的東西，祖天開悲憤之餘，滿是恨意，陳長青的好奇心發作，如萬蟻攢心，這兩個人，如何肯放過那件看來如此神秘的漆器。衞斯理可以說料事如神，祖天開和陳長青，果然不肯放過那件外形，來歷都很是神秘的六面方形漆器。

敍述故事的法門之一，是任何故事，都不能平鋪直敍，一條線說下去，必須多方面鋪排，要有起伏，有跌宕。一到了會出現悶場的時候，就要另闢蹊徑。

像衞斯理和白素，在升降籠之中，要下降到三百七十二公尺的深處，過程單調沉悶，總不能老是說衞斯理在那時胡思亂想些甚麼，所以，倒不如看看祖天開和陳長青，準備如何對付那神秘漆器的好！

而敍述故事的法門之二是，轉過去說故事的另一些發展，這些發展，必須大是有趣，能吸引人，不然，看故事的，就不再看下去了！

祖天開先離去，陳長青賴在衞斯理住所不肯走。陳長青的想法是，整件事神秘莫測，在探索的過程之中，衞斯理必然視他爲當然助手——他的這種想法不錯，當衞斯理和白素，在礦洞之中，想到要通知甚麼人的時候，就都想到了陳長青，和他聯絡，衞斯理曾打電話回自己住所——希望陳長青接聽，但陳長青這時已離去了。陳長青在衞斯理夫婦上樓時，看來像是若無其事地在喝酒，但是實際上，却正在全神貫注，耳聽八方，眼觀四路，留意衞斯理的行動。

他和衞斯理熟，知道衞斯理的行事方式。

關於這一點，小郭的能力，尤在陳長青之上，因爲小郭認識衞斯理更久——小郭認識衞斯理，甚至還在白素之前，自然更熟知衞斯理的行事方式。

任何人，都必然有一套習慣成自然的行事方式，自己可能不覺察，但如果他人有心去了解，就很容易琢磨出來，掌握了一個人的行事手法，要對付這個人，自然容易得多了——千萬別以爲這一番話是題外話，那和這個故事，很有些關係的。

陳長青呷着酒，其實酒是甚麼味道，他根本不知道，因爲他在留意衞斯理的行動，他從脚步聲，聽到衞、白兩人進了書房。

剛才，白素逐客的理由，是她「要休息了」，所以陳長青預期兩人在書房中不會逗留太久，至少，白素應該很快離開，到臥室去。

可是，陳長青等了十五分鐘，還是聽不到兩人從書房到臥房的動靜，陳長青這才陡然省悟：兩人已從書房離開了屋子。

他直跳了起來，伸手向自己的頭上，重重拍打了一下，直衝上樓，舉脚向書房的門上，重重地連踢了三脚，發出震天似的巨響——反正老蔡一睡下去，是天塌下來，也不會醒的。

他一面踢，一面罵：「他媽的，衞斯理，還是朋友不是，甚麼玩意兒？」

陳長青雖然略遲些才發覺衞白二人的「金蟬脫殼」之計，但是他可以肯定，衞白二人確然已經離去，他已經沒有必要再留下來了。

所以，他也離開，從那條斜路上來回走了一陣，心中越想越是氣憤，忽然想起：找祖天開去！

他那時，想到要找祖天開，倒還沒有打那神秘漆器的主意，只是想起祖天開和衞斯理之間，曾有十分曖昧的「眉來眼去」——衞斯理不好對付，他自信對付一個老人家，綽綽有餘，所以想把祖天開和衞斯理之間的秘密，發掘出來。

他也知道，祖天開在哀傷王大同之逝的時候，正需要有人和他訴說衷情，肯定可以和他一拍即合。

而且，在白天，陳長青也確然曾和祖天開合作過，那是在王家大宅，各人離去之後，陳長青用最快的時間，回家取了小型X光機，又回到王家大宅之後的事。

陳長青的小型X光儀，是十分先進的科學儀器，有螢光屏相連。這種小型的X光儀，透視到的物體內部的情形，立即可以在螢屏上看得到，情形一如飛機場檢查行李的設備，但是袖珍得多。

祖天開聽陳長青說他帶來的玩意兒，可以看到人的五臟六腑，嚇得吐了吐舌頭，沒敢說甚麼，就帶陳長青，進了李宣宣的臥室。

陳長青佈置好了之後，向在一旁的祖天開道：「開叔，你看看……」

他按下了掣，對準了那神祕漆器，可是螢屏上却只是一片灰朦，甚麼也沒有。

祖天開看得莫名其妙，陳長青却驚疑莫名，他一看就看出，那情形，並不是表示漆器的內部，空無一物，而是表示X光，不能透視這神祕漆器！

這神祕漆器的內部，有着抗X光層！

厚度超過五公分的鉛層，可以起到這種作用，特殊配方的合金層，也可以抗X光，那並不是甚麼驚人的現象，問題是：這神祕漆器，爲甚麼要有防X光設備？

陳長青首先想到的是，它的內部，必然有不可告人的秘密！

他把那神祕漆器的六面，都用儀器照射，結果都一樣，令他更疑惑的是，漆器很輕，不像有金屬抗X光裝置，那又是一種甚麼物質在抵抗X光的透視作用呢？

陳長青當時就有想把那神祕漆器剖開來的衝動！

這個結果令得陳長青十分沮喪，他托着下頷，盯着那漆器看，心中轉着如何對付它的念頭，而就在這時候，有僕人叫祖天開去聽電話。

王家大宅的屋子雖然大，可是祖天開所發出的那一下慘叫聲，却在屋子的每一個角落都可以聽得到。

陳長青聽到了祖天開的慘叫聲，奔出去，看到祖天開手上還握着電話，老淚縱橫，身子發顫，發出一下又一下的號叫，情形極其悲壯，像是一頭跌進了絕望的陷阱中的猛獸。

陳長青在祖天開的手中接過了電話來，想知道發生了甚麼事——那是醫院打來，通知說王大同已然逝世的，醫院方面，早已掛上了電話。

陳長青向祖天開連問了十次八遍，祖天開才算是「哇」地一聲，哭了出來，邊哭邊叫：「大同死了！」

陳長青很受震動，但是程度不如祖天開之甚。他立時想到，王大同死了，李宣宣更成了關鍵人物，非把她找出來不可！

李宣宣到哪裡去了，沒有人知道，最有可能知道的人，就是白素，所以他立即決定到衞斯理家去。他才一挪動脚步，祖天開就一把抓住了他，像是一個迷了路的小孩子，惶急之極：「叫我怎麼辦？叫我怎麼辦？」

陳長青跳起來，用力拍着祖天開的背部（因為祖天開的身子高）：「找衞斯理去！」

他為了投祖天開之所好，又補充了一句：「那妖精是駕衞斯理車子走的！」

祖天開被噩耗弄得一點主意也沒有，就和陳長青一起到了衞斯理家中。

他們最先到達，隨後出現的是黃堂和小郭——這便是衞斯理和白素在回家後見到的情形。

在那段時期中，祖天開對陳長青的印象很好，所以陳長青有把握，自己再去找他的話，正在無助之極的祖天開，一定會歡迎，他可以在祖天開那裡，得到更多的秘密。

他停止了在斜路上的團團轉，上了車，疾駛至王家大宅，在鐵閘外，用力按喇叭，聲音足可傳出一公里之外。

他故意如此，以引祖天開注意，果然，不到五分鐘，就看到祖天開滿面怒容，挾着萬馬奔騰之勢，衝了出來，一面大聲罵着髒話。

陳長青連忙下車，隔老遠，就可以聞到自祖天開身上散發出來的那蓬酒味。

隨着祖天開的接近，鐵閘打了開來，陳長青居然不知危險，向祖天開迎了上去，直到他看到祖天開的雙眼，血一樣紅，充滿了兇光之際，他才知道情形不妙，轉身想逃，哪裡還來得及？

陳長青也算是會練過功夫的人，可是這時，祖天開一雙蒲扇也似的大手伸出，抓住了陳長青的肩頭。陳長青覺得肩頭上如同加了兩柄鐵鉗，一陣創痛，雙脚已然離地，被祖天開像是抓小鷄一樣，抓了起來。

陳長青想抬脚去踢祖天開的身子，可是祖天開一抓住了他，五指已緊扣住他在肩上的幾個大穴，陳長青全身如綿，軟得像一灘濕泥，如何還能抬脚踢人？

陳長青後來把這段經歷，説給白素和衞斯理聽，衞白兩人聽得駭然——他們在武術上有過人的造詣，自然聽得出當時情形的兇險，兩人齊聲道：「你可知你一隻脚已經踏進了鬼門關？」

陳安青咋舌：「那麼嚴重？」

衞斯理道：「就是那麼嚴重，他要是用一隻手把你抓起來，另一隻手在你喉間一揑，你就見閻王去了！」

白素補充：「那時他喝了酒，你又激怒了他，他太生氣了，所以用兩隻手一齊來抓你，那是你的運氣，我估計他會用頭來撞你胸口！」

衞斯理道：「這一撞，陳長青小命也必然報銷！」

陳長青大爲嘆服：「眞是如此，他雙手抓住了我，一低頭，就要用頭來撞我，幸好我有急智，才救了自己。」

陳長青倒不是自誇，在這樣的情形下，要發揮急智，確然不簡單。

陳長青陡然叫了一句話——也真還只有這句話，才能阻止情緒上已接近瘋狂的祖天開的兇猛攻擊。

祖天開本來已準備一頭撞出，這一撞，陳長青的肋骨，至少有一半斷裂，插入胸腔，當然性命難保。

陳長青在那千鈞一髮之際，叫的是：「我能找到那妖精！」

祖天開一聽得「找到妖精」，這才陡然抬起頭來，用血紅的眼睛，盯着陳長青看，陳長青一則由於肩在劇痛，二則由於害怕，滿臉都是豆大的汗珠。

但這時，祖天開總算看清了被他抓住的是甚麼人，雙手一沉，把他放了下來，還埋怨陳長青：「是你啊，鬧甚麼鬼？要是一把捏死了你，弄死了自家娃兒，這怎麼說？」

陳長青心想你自己像瘋虎一樣衝出來，一照面就出手，怎麼還怪人？

不過陳長青還沒有說甚麼——他也根本沒有說話的機會，祖天開又已伸手按住了他的肩頭：「那妖精呢？看我不把她大卸八塊！」

「大卸八塊」是說，把人的身體，肢解成爲八個部分，那是最血淋淋的兇殺，陳長青明知這個可能性不大，但是若是李宣宣此際出現，神經受刺激過度的祖天開，也有可能行兇……所以他們不免打了一個寒戰。

祖天開問他要「妖精」，他如何變得出來，只好信口雌黃，先說了一句：「那黑漆漆的東西有古怪——」

說了一句之後，他靈機一觸，心想那漆器確然必有古怪，何不趁此際祖天開情緒衝動，李宣宣又不在，先把它剖開來看看！

陳長青行事不計後果，想做就做，他順口接了下去：「把那東西弄開來，就能知妖精的下落！」

祖天開竟然立刻相信，一頓足：「正是，我早就該想到，那東西邪門得很，棺材不像棺材，把它弄開來看！」

他一面說，一把扯住了陳長青，也不跟陳長青上車，拉着陳長青便走。

五、索命報仇來了！

陳長青想掙也掙不脫，被他拉得足不點地，到了巨宅的門口，已是喘氣喘得胸口生疼。

他想叫祖天開停一停，可是祖天開又把他拉了進屋子，拖上了摟梯，直到了李宣宣的臥室之中，才鬆開了手，陳長青雙手撐在地上，一時之間起不了身，但是他還是抬起頭來，問：「有沒有鋸子？」

祖天開飛起一腳，踢在那漆器之上。這一腳的力道相當大，把漆器踢得滾出去，滾到了牆邊，他怒吼一聲：「用甚麼鋸子，我有刀，一刀把它劈了開來！」

陳長青連聲道：「好！好！」

祖天開像一陣勁風一樣，捲了出去，陳長青這才慢慢站了起來，伸手在後腰上重重敲打了幾下，來到了那漆器之前，手按在漆器之上，喃喃自語：「不管你裡面有甚麼，立刻就可以知道了！」

他在自言自語，只聽得一陣咣啷啷的金屬碰撞聲，自身後傳了過來。他回頭一看，只見祖天開提着一柄刀，正大踏步走了過來。

一時之間，陳長青瞪大了眼，不知自己是在現實生活之中，還是正在看甚麼古裝電影！

因爲提在祖天開手中的刀，不是一柄普通的刀，實是一柄厚背薄刃的大環金刀！

這種沉重的大環金刀，曾是古代很有效的殺傷武器，可是如今，大抵只能在舞台上和電影中才能看得到了，突然出現在現實生活之中，難免令人愕然。

而祖天開一刀在手，意態極豪，不但雙眼通紅，連一張滿是皺紋的臉上，也漲得通紅。他大踏步進了房間，一聲大喝，振臂拔刀出鞘。

那種大環金刀，最特別的地方，是它的刀背上，穿有九個金環，刀背一抖動，就會發出響亮的金屬碰擊聲。那九個金環的作用，只是一種華麗的裝飾，也可以在用刀的時候，增加威勢。

正由於刀背上有環，所以這種刀的鞘也特別，鞘只是一半，套住刀刃，讓刀背露在外面，所以刀出鞘的動作，單手便可完成，手臂揮動，刀鞘揮脫，眼前精光奪目，如同揮出一道閃電，陳長青由衷地喝采：「好刀！」

祖天開橫刀而立，陳長青對於古代兵刃，頗有認識，只見那刀刃背上鑲着金，固然璀燦耀眼，但是比起刀刃的那一層青森森的寒光來，却也被比了下去，那種鋒刃，代表了死亡，叫人一看到，就想到這種光芒一閃，生命就會喪失！

祖天開大是興奮：「這柄刀，伴着我南征北討，刀下專誅大奸大惡，看它今日再收妖伏魔！」

說着，只見他扭腰轉身，揚刀直劈向那漆器——那一招，多半叫作「獨劈華山」，勁道極足，刀身帶起一陣勁風，「嗖」地一聲響，刀刃劈進了那漆器，一刀直劈到底，將那漆器，齊齊整整，自中間對剖了開來！

這一切，只不過是兩秒鐘之內的事，可是看得陳長青心曠神怡，又大喝了一聲：「好刀法！」

祖天開抽刀後退，刀尖還在地上象牙色的地毯上，拖出了一條長長的口子。

那漆器被劈開了之後，當中多了一道縫，並未分兩半倒下，陳長青走過去，輕輕一推，就將它分了開來。

兩人一起定睛看去，第一眼，兩人都發出了「咦」地一聲。

因爲那漆器的內部結構，極其奇特，一層一層，竟有七層之多，每一層之間的空間，距離大約是十多公分，祖天開一刀奏功，把最內心的一層也剖了開來，那一層，等於是一個只有二十公分見方的漆盒，內中也是空空如也，並沒有甚麼妖魔鬼怪，藏在其中。而且，剛才祖天開一刀劈下去時，也未曾見到有甚麼一股黑氣，一團妖霧冒出來。

陳長青心中打了一個突，心知這漆器雖然古怪，但是和妖魔無關，也無法在其中探到李宣宣的秘密，更不會是李宣宣從陰間帶來的冥器，自己可以說是闖了一個不大不小的禍，幸而揮刀的是祖天開，老人家也沒有甚麼可以忌憚的了！

陳長青這樣想着，已經打定了退堂鼓，想要溜之大吉了，因爲在如今這樣的情形下，女主人要是忽然回來，那可是尷尬之至了。

陳長青剛在設想，如何才能設詞告辭，却見祖天開的神色大異。只見他盯着最內的一層，雙睛怒凸，似要奪眶而出，而神情怪異莫名，滿是皺紋的臉上，不但不再發紅，而是變成了死灰色，而且，在皺紋之中，許多汗珠正在擠出來，情景可怕之極。

那種情形，應該是人在看到了恐怖絕倫的東西之後才有的反應。

可是，這時，祖天開盯着在看的東西，陳長青也完全看得到，那只不過是一個奇怪的漆器的內部，全然沒有恐怖之處。

陳長青剛想問，只聽得嗆啷一聲，祖天開手一鬆，那柄大環金刀，跌到了地上。

祖天開剛才揮動金刀，何等威風凜凜，簡直如同天兵天將一樣，可是這時，說他是個活人，他倒有一半像是不知被埋了多久才掘出來的死人！

陳長青一時之間，實在不知發生了甚麼事。他望了望那漆器，又望了望祖天開，再去看那漆器，仍然看不出有甚麼特別之處。

他明知必然有甚麼事發生了，可是却完全不知道發生了甚麼事，那令得他不知所措。他想伸手去推祖天開，可是祖天開已先揚起手，發着抖，指向那漆器的最內層，喉間則發出了一陣古怪的聲音。

陳長青還怕自己是沒有看清楚，把頭伸過去，盯着看，他感到祖天開在急速喘氣，大口氣大口氣地噴在他的後頸之上。

可是陳長青仍然甚麼也沒有看到——應該說，他看到了一些情形，但那絕不足以令人害怕。他所看到的是，在漆器最內層的空間中，有一面上，有一個凹痕，呈不是很規則的圓形，有一個角狀的伸出，看起來，和整個漆器內外都平滑如鏡，不是很調和，除此之外，也絕沒有甚麼特別之處。

但是，祖天開發抖的手指，却正指在那凹痕之上！

陳長青直到這時，才問出了一句話來：「開叔，怎麼啦？甚麼事？」

他一問，祖天開頭臉上本來已滿是汗，這時，他搖了搖頭，汗珠竟四下散了開來，情景十分駭人。他聲音嘶啞得不像樣，語不成句：「那鏡子……鏡子……這是放那鏡子的……她……她早知那鏡子的事……她……不是人……不是人，她早知道……」

祖天開一面這樣說着，一面整個人像是篩糠一樣，發起抖來。

陳長青只好目定口呆地看着他，一點辦法也沒有。祖天開在說着的話，他只聽得懂「她不是人」——那多半是在罵李宣宣，可是「鏡子」甚麼的，陳長青全然不知所云！

可是祖天開的情形，却越來越不對勁，他忽然又拚命搖起頭來，不住喘氣，叫：「不會！不會！不會！」

那情形，倒有點像王大同臨死之前，頻呼「我不信」類似之極。

陳長青雙手按住了祖天開的肩頭——這時，祖天開正半彎着身，不然，陳長青也按不到他的肩頭。陳長青用力搖着他，口中叫的是：「開叔！你醒醒！開叔，你醒一醒啊，開叔！」

祖天開那時並沒有睡着，根本是醒着的，可是陳長青仍然那樣叫，那是由於祖天開的情形很可怕，不能說他神智昏迷，可是他分明像是中了甚麼魘法一樣，難以控制自己，不知在說些甚麼。

這時，有兩個僕人，在門外探頭探腦地看，陳長青看到了他們，靈機一動，急叫：「快拿酒來！快！酒！」

那兩個僕人連忙奔開去，祖天開忽然慘叫了一聲：「冤孽啊！冤孽啊！」

這六個字，他叫得淒厲之極，簡直陰風陣陣，叫人遍體生寒。

祖天開一面叫着，一面「蓬」地一聲，坐倒在地。僕人這時，也拿了酒來，陳長青接了過來，遞給祖天開，祖天開接過來，也不打開瓶蓋，就向口中塞，陳長青好不容易拉出來，替他打開了瓶蓋，再塞進口中，這才一口氣灌了一半，才呼出了一口氣，像是進了鬼門關之後，又被拉了出來。

陳長青盯着祖天開看，祖天開掙扎着，站了起來，伸手提起了刀，向刀鞘指了一指，陳長青忙過去，拾起了刀鞘，祖天開搖搖晃晃走出去，問了一句：「衞斯理沒有告訴你鏡子的事？」

陳長青陡然一怔，他全然不知道這句話是甚麼意思，因爲衞斯理從來也未曾向他說起過有關「鏡子」的事——衞斯理遵守諾言，祖天開吩咐過他別對人說，他就沒有對人說起過。

可是陳長青有足夠的聰明，他立即想到，甚麼「鏡子」，必然就是祖天開和衞斯理之間的秘密，如果他說沒有，那麼祖天開必然三緘其口，再也不會說甚麼。

所以，他弄了一個狡獪，他裝出一副恍然大悟的情形來，神秘兮兮地道：「衞斯理和我是好朋友，我們之間完全沒有秘密，可是他千叮萬囑，叫我……」

他說到這裡，一方面在肚中暗罵了衞斯理一句髒話，一面又做出十分爲難的神情。

別說那時祖天開正心亂如痲，就算他在平時，看到了這等情形，也認爲衞斯理已甚麼都對他說了，只不過衞斯理曾吩咐他不可說出來，所以他不便承認而已！

後來，衞斯理罵他：「卑鄙小人！」

陳長青自辯：「聽說過『爾虞我詐』嗎？誰叫你有那麼大的秘密，不與我分享？」

衞斯理也拿他無可奈何，而且絕不再爭下去——因爲明知爭上十年，也不會有甚麼結果。

當下祖天開看了陳長青這樣的情形，長嘆一聲，指着漆器最內層的那個凹痕，聲音發顫：「你看，這……正是放那寶鏡的，大小形狀，和寶鏡完全一樣！這東西在她手裡，又帶進了王家來，她……自然是索命……報仇來了，事隔那麼多年……她絕不能……還是人！」

祖天開的這一番話，說得十分認眞，而且那時，他也比較鎮定了！

可是這一番話，還是聽得陳長青不斷眨眼，完全摸不着頭腦。老實說，別說陳長青對於那「許願寶鏡」一無所知，就算是已知了不少資料的衞斯埋，若是在場，聽了之後，也一樣莫名其妙。

陳長青明知其中必有極長篇的故事在，可是他剛才已假裝知道了，這時已不能問，一問就露了馬脚，那令得他心癢難熬，只好繼續借衞斯理過橋，他道：「衞斯理這人，說點又說不全，我不是很明白！」

祖天開再長嘆一聲：「那倒不能怪他，有一些事，我也沒有對他說。」他雙手用力在自己的臉上撫摸着，神情疲倦、痛悔、悲傷，害怕兼而有之，複雜之極！

陳長青更是想知道眞情，他問：「關於那鏡子，衞斯理說……是寶鏡？」他剛才聽祖天開用了「寶鏡」這個詞，所以就拿來試探一下。

祖天開喃喃地道：「眞是寶鏡……是寶鏡，大同臨死之前說她是從陰間來，那當然是寶鏡告訴他的，唉，大同，你怎麼不相信啊！」

祖天開說到這裡，重重頓足，陡然提高了聲音，尖厲無比：「她從陰間來，索命來了！大同，你死得……好冤！好冤啊！」

祖天開這一下慘叫，淒厲無比，聽得陳長青機伶伶打了一個寒戰！

他還想問甚麼，只見祖天開雙手捂在臉上，搖晃着站起身來，轉身向外走去，陳長青忙叫：「開叔，你再喝點酒，鎮定一下！」

他把酒瓶遞過去，祖天開一昂首，把剩下的半瓶酒，也一起灌了下去。陳長青趁機道：「把一切經過向我說說，天下就算眞有冤鬼索命的事，也要把那鬼揪出來，豈能容她在世害人？」

這一句話，却大大地對了祖天開的胃口。

祖天開立時瞪着充滿紅絲的眼睛，盯着陳長青看：「你會驅鬼？捉鬼？」

陳長青這時，爲了想發掘出祖天開心中的秘密，竟硬着頭皮道：「會！我是茅山，龍虎山張天師的嫡傳，有七七四十九種捉鬼靈符！」

他這種鬼話，對付祖天開這樣的老人，恰到好處，祖天開長嘆一聲，說了一句話，却是令陳長青再也料不到的，他道：「那麼，請你賜我一道靈符，使冤鬼來找我索命時，我可以對抗一陣——我不是怕死，該找我索命，大同死得冤，我只是想告訴她，冤有頭，債有主，該找的人是我，不是大同！」

一番話聽得陳長青雙眼翻白，幾乎沒有昏死過去，他想拖延，就道：「這上下，上哪裡去找黃裱紙、硃砂筆去？明天一早我就替你辦妥當——你還是喝着酒，把事情詳細告訴我，我好看着怎麼辦！」

祖天開低下頭一會：「紙筆我那裡都有，到我的房間去……我早就覺得事情不對勁，所以預備了這些東西，連黑狗血都有，唉，要是早把黑狗血兜頭淋上去，冤鬼現形，至少大同不會死了！」

陳長青駭然，他道：「那更好，到你房中去，你把一切經過告訴我，也是一樣。」

陳長青只想在祖天開的口中，套出「一切經過」來，對祖天開服務周到，到了祖天開的房間之後，取過了紙筆，畫了三道符之多，吩咐祖天開貼肉藏好，不怕冤魂索命，可以和冤鬼理論。

本來，陳長青還想在那柄大環金刀上也貼上一張符，告訴祖天開，說是有了這張符，那柄刀就可以要來斬鬼。

可是一轉念間，他想到祖天開的心目之中，那冤鬼就是李宣宣，要是李宣宣忽然出現，祖天開眞的揮刀砍去，那可是另一樁悲劇了！

陳長青能「懸崖勒馬」，可知在他的心中，也不將美麗動人的李宣宣當成是來索命的冤鬼。

當陳長青裝模作樣在進行那些動作的時候，祖天開不斷在喝酒，陳長青做足了功夫，心想這下子可有好故事聽了，連衞斯理都不知道的事，他能先知道，單是這一點，已令他欣喜莫名，幾乎沒有手舞足蹈。

可是祖天開接下來的一番話，卻令得陳長青幾乎沒有懊喪得一頭在牆上撞死！

祖天開欲語又止者再，當他終於放下酒瓶，表示出了說話的決心，陳長青也準備洗耳恭聽。

可是祖天開說的却是：「你去問衞斯理吧，說是我說的，要他把我告訴他的一切，全告訴你！」

陳長青眨着眼，幾乎想叉住了祖天開的頸，把他活生生扼死。可是他還是忍氣吞聲：「你不是說，有許多事，你也沒有對衞斯理說嗎？」

祖天開一瞪眼，大聲道：「連衞斯理我都沒對他說，自然是因爲這些事絕不能說的緣故，我自然也不能對你說！」

陳長青只覺得一股氣升了上來，令他眼前直冒金星，他又道：「那……冤鬼索命……報仇，又是甚麼意思？」

祖天開一揮手：「就是不能說的事，你走吧，我在這裡，等冤鬼來！」

他說着，又揮刀出鞘，把大環金刀用力拍在桌上，就在桌旁坐了下來，一面自顧自喝酒，竟再也不理陳長青，當陳長青不存在了！

陳長青這一氣，眞是非同小可，先在肚子裡罵了十來聲「老賊」，以解心頭之怒，然後，也抓了一瓶酒，坐了下來。他本想和祖天開一起，等冤鬼出現的。可是坐了一會，覺得不對，他不應該在這裡虛耗時間，而應該去找衞斯理——祖天開已准衞斯理公開秘密，那麼他至少可以知道有關那寶鏡的事！

陳長青直到那時，對寶鏡一無所知，可是，在神秘漆器的七層內心，竟然有一個凹痕，恰好可以放下那面鏡子，這鏡子的放置之處如此隱蔽，其鏡之神秘，自然也可想而知了。

所以，他不再坐下去，向祖天開拱了拱手：「開叔，我去找衞斯理，要他說寶鏡的故事！」

祖天開端坐不動，「嗯」了一聲。

這時候的祖天開，一手握着刀，大馬金刀地坐着，又恢復了神威。

陳長青一想，覺得不妙。因爲祖天開認定了李宣宣是索命的冤鬼，那麼李宣宣一出現，他說不定就會揮刀相向，豈不又是慘劇？

所以他道：「開叔，李宣宣要是回來——」

祖天開朗聲道：「只管來，我已準備好了，一把事情說了，就任她處置！」

陳長青心中一動，心想李宣宣會不會回來，還不知道。若是回來，和祖天開之間，必有極精采的對白！所以他在出去的時候，裝着不經意地一抬手，就把一具小型錄音機，放到了門楣之上。

陳長青做的手脚，祖天開並沒有發現。

六、陳長青的災難歷程

離開了王家大宅，陳長青又直奔衞斯理的住所，眞可以說是僕僕風塵。

他狂敲衞斯理的門，按鈴，幾乎達半小時，老蔡才睡眼矇矓，開門向他看來，他一推老蔡，閃身進屋，疾聲道：「沒有你的事了，你去睡吧，我和衞斯理有要事辦！」

老蔡在沉睡中被他吵醒，迷迷糊糊，陳長青也根本不給他多想的時間，就推他進去，自己一溜煙上了樓。

他先到了書房門口，踢了一脚。再走了幾步，又在臥室門口，踢了一脚，一面大呼小叫：「衞斯理，快出來，要是正在睡覺，小心我衝將進來！」

他一面叫嚷，一面輪流在兩扇門上踢着。那時，衞斯理和白素早已離去，如何還能應他。他跳來竄去好幾次，伸手去推臥室的門，應手而開，空空如也。他再去推書房的門，却推不開。

陳長青開鎖的本領也不弱，花了兩分鐘，也就打開了書房的門，也空空如也，窗子却打開着——陳長青一頓足，這才省起，衞斯理和白素兩人，早已離去了。

他重重在書桌上拍了一下，在桌前坐了下來，翹起了脚，擱在桌上，心中在想：衞斯理和白素到甚麼地方去了？他一面想，一面把玩着桌面上的一隻青銅鑄的仿古瑞獸紙鎮，不到兩分鐘，他就大叫一聲，直跳了起來。

他陡然想起了甚麼——每當他在這種情形時，他有一個習慣，會伸手去拍打自己的頭，這時，他幾乎沒有釀成慘劇，要把那隻沉重的紙鎮，向他自己的頭上拍去。

救了他，免得他頭破血流的是老蔡——聽得樓上一直在乒乒響着，忽然又靜了下來，忍不住打着呵欠，上來察看一下，他一推開門，就看到陳長青舉起銅紙鎮，向自己的頭上砸去！

他大叫一聲：「別死！」

陳長青被他一叫，手僵在半空，老蔡衝過來，一伸手，自他的手中，把紙鎮搶了下來，一面大聲埋怨：「甚麼事想不開，要尋死！」

陳長青這才知道自己忘了手中拿着紙鎮，那一下拍了上去，只怕傷得不輕，他知道和老蔡解釋不清，索興長嘆一聲：「和衞斯理做朋友，一點意思也沒有，他騙得我好苦啊！」

老蔡不信，皺着眉：「不會吧，衞哥兒不是那種人！」

陳長青嘆了一聲：「難說，我有一樣要緊東西在他那裡，他藏了起來，找不到可活不下去，老蔡，你幫我把所有的抽屜、櫃子門全打開來！」

老蔡是老實人，又知道陳長青和衞斯理熟，所以答應一聲，便和陳長青一起，在衞斯理的書房中，搜尋起來。

陳長青剛才陡然跳起，就是他突然想到，衞斯理的汽車上有着訊號發射裝置——他還曾參加對這個裝置的設計工作！他也知道訊號接收儀是在書房！

也就是說，衞斯理和白素一進書房，就可以知道神秘離去的李宣宣身在何處！

剛才陳長青信口胡說，說衞斯理騙了他，而這時，他眞的有被騙的感覺，發出了一下充滿了怨屈的吼叫聲，把老蔡嚇了一跳。

不到三分鐘，陳長青就找到了接收儀，他熟練地操縱着，也很快地就看到了那個亮綠點。

他盯着亮綠點看，看到了亮綠點有極輕微的移動——那正是衞斯理和白素把車子駛出礦洞，想和陳長青聯絡，遇上了巨大的蝙蝠災變之時。衞斯理打了自己家裡客廳的電話和陳長青住所的電話。衞斯理想不到陳長青在他的書房之中。

而衞白二人在礦洞口略停了一停，又衝過了發狂的蝙蝠群，又進了礦洞之中。雖然，移動的距離只不過百來公尺，但是在螢屏上也看到。

陳長青也知道，除了這副接收儀之外，還有一副袖珍的，這時不在，更可以證明衞白二人，是到那個亮綠點所在處去了。

他又盯了一會，看到亮綠點不再移動，他喃喃自語：「求求你別動，我立刻就來，求求你們千萬別離開，我立刻就來！」

老蔡不知道他在說甚麼，用奇怪的神情望着他。陳長青靈機一動，十分認眞地對老蔡道：「老蔡，看到這亮點沒有？你坐在桌前，看着它，我會不斷打電話來問你，要是它移動了，你就告訴我它的位置！」

老蔡見陳長青說得認眞，連連點頭。

陳長青向老蔡揮了揮手，一溜煙下樓，衝了出去。

剛才他已認清楚那亮綠點的所在，一上了車，就認定了方向，疾駛而出。

他利用車子上的電話，每隔五分鐘，就打電話問老蔡一次。老蔡很是盡忠職守，每次都回答：「沒動過！」

陳長青驅車急駛，他還未曾駛到礦洞口，就在那個警告牌的附近，看到了衛斯理在路邊「借」來的那輛車子。

一看到了那輛車子，陳長青就不由自主，發出了一下慘叫，在曠野之中聽來，淒厲無比！

照說，陳長青看到了車子，證明了衛、白二人確然來到了這裡，證明他追踪正確，他應該高興才是，何以會發出慘叫聲呢？

這裡面，可大有文章！

原來，陳長青一看到那輛車子，就認出了這輛車的車主是誰——不是別人，正是小郭！

小郭處心積慮，料定了衛斯理和白素在這件事上，所知之多遠在各人之上，必然會採取單獨行動，而他們的車子又被李宣宣借走了，如果他們要單獨行動，也就會照老習慣，在路邊去「借車子」——一個人的老習慣若是叫他人掌握了，實在不是好事，連衞斯理也不能例外。

小郭也知道衞斯理會揀甚麼樣的車子下手——那又是另一項老習慣，而他的車子正是衞斯理喜歡的那一型。

所以，小郭在離開了衞斯理的住所之後，轉過了街角，向二樓書房的窗子看了一眼，又料中了陳長青必然會賴着不走，衞斯理大有可能跳窗離開，所以他就把車子停在適當的街角，自己躲進了行李箱之中！

這一連串預料之正確，後來衞斯理和白素兩人，也大是嘆服，衞斯理絕想不到在自己「借」來的車子中，小郭正躲在車上！

衞白二人後來在礦井的升降籠底部，看到了那個「郭」字，心知小郭下了礦井，但是怎麼也想不出小郭是如何跟踪而來的。

當他們兩人下了車，步行了一會，找到了那架手搖車，搖到礦洞去的時候，小郭就沿着路軌，急急趕路。他自然比衞白二人遲到達，他進了礦洞，向前走，看到衞斯理把升降籠絞了起來，看到兩人在礦井旁商量，又走了開去。

小郭可以肯定，李宣宣是在礦井之下，他也看到了李宣宣所借用的衞斯理車子。

他有非找到李宣宣不可的理由——這理由，他不肯對人說，連衞斯理都不說，那是另一個故事，在這個故事中，只需知道他有這個秘密就可以了，他的秘密，和這個故事的牽連不大。

小郭在衞白二人離去之後，就從藏身處閃身出來。他所要考慮的，比衞白二人要少，因爲他已想好了步驟，在籠底留字，告訴二人他在井下。雖然下了礦井之後，必然會有各種各樣的危險，但總比沒有人知道他在甚麼地方要安全得多。

小郭在衞白二人離去後不久，就控制着升降籠，落下了礦井。

小郭落礦井的時候，洞中的蝙蝠，還沒有發生可怕的災變，所以，小郭不知道洞中曾有災變，他只是在下落的途中，有很短暫的一陣子，有一股說不出來的難受之感，那種感覺，只持續了兩三秒鐘。

他以前從來也未曾有過這種感覺——那是一種全身的血液，忽然流動加速的怪異感覺，所以他也不以爲意，只當是自己正走向深不可測的危機，自然而然產生自內心的一種恐懼感。

小郭何以會來到礦洞的事，陳長青當時，一見到了小郭的車子，他也不知其中詳情。他只知道小郭來了，而且比他來得早，他這才發出慘叫聲來的。

在那一刹間，他誤會了是衞斯理通知了小郭，要小郭一起來的。

那就令得陳長青又是難過，又是憤怒——衞斯理居然把秘密和小郭這種油頭粉面分享，而瞞住了他這個老朋友，他有被人出賣之感。

他跳下車，在小郭的車子上，重重踢了幾脚，再上了自己的車，他的車性能也很好，顛簸跳動，到了那條鐵路處，竟然駛上了鐵路，拼命向前駛。

等到實在不能再向前了，他下車，取了一些裝備，急步向前，不一會，離礦洞口只有三十多公尺時，星月微光之下，他看到了大批死蝙蝠，在地上疊起了好幾十公分高，情景駭人之極！

見到了這種情景，任何人都免不了頭皮發炸，尤其陳長青要向前去的話，必須踏着那厚厚的一層死蝙蝠向前去，他猶豫了一會，慢慢伸出了脚，輕輕一脚踏了下去——一腳踏出，問題還不是很大。可是當他又提起另一隻腳來的時候，體重就集中在先前跨出去的那一隻腳上，當時就聽得「滋」地一聲響，腳下一軟，血和肉和皮，糊成了一團，不知有多少隻蝙蝠，在他的腳下，成了肉醬。

陳長青不由自主，發出了一下怪叫聲，再也提不起勇氣向前去，疾退了開來，他甚至沒有勇氣去看那隻沾滿了血肉的鞋子，只是站在那裡發怔，身子在不由自主發着抖。

他望看礦洞，雖然不是很遠，可是却像是天塹難渡一樣，他想了許多辦法，好像都不實用。

他呆了約有三分鐘，才陡地一咬牙，下定了決心。

促使他下了決心的是，他想到了衞斯理必然在礦洞之中，小郭也必然在礦洞之中，他們可以通過這道障礙，自己也應該可以通得過去！

若是自己竟然受阻在礦洞之外，那就證明了是膿包！

若是就這樣，便不敢向前去，那麼，也就難怪衞斯理把秘密和小郭分享，不和他共同冒險！

陳長青這時所想的，完全想錯了，小郭並沒有分享到衞斯理的秘密，他進洞時，蝙蝠也還沒有發生災變！而衞斯理和白素，也是身在車中，才進得了礦洞的，即使他們身在車中，也經歷了一生之中，少有的震駭！

所以，當後來，衞斯理知道了陳長青竟然是踏着厚厚的一層死蝙蝠進來的，也不禁咋舌，大是佩服，而且對他說：「眞服了你，我保證，以後你我之間，再也沒有秘密，我們是好朋友！」

陳長青也大是感動，因爲要得到衞斯理這樣的稱讚，豈是容易的事。所以他們兩人成了莫逆之交，以致日後，在「追龍」這個故事之中，陳長青甚至抱着必死之心，去替衞斯理涉險！

那全是以後的事，當時，陳長青雖然誤會了很多事，但是那種種誤會，對他大有激勵的作用，把他的勇氣，全都激發了出來。

他一咬牙，心中想：衞斯理倒也罷了，我可絕不能輸給了那油頭粉面，大不了當自已是在厚厚的爛泥層上行走，反正只是令人噁心，死蝙蝠又不會有甚麼危險！

這一豁了出去，橫了心大踏步前進，雖然每一步下去，都有「撲赤」、「撲赤」的聲音，也都有鮮血濺起來，但是他咬緊牙關，竟然讓他進了礦洞。

進了礦洞之後，他的災難非但沒有結束，而且簡直是才開始：因爲在洞口，地上厚厚的一層死蝙蝠，全是大蝙蝠，而在礦洞之中，地上厚厚的一層，全是肉紅色的小蝙蝠，在電筒的光芒之下，更是怵目驚心，叫陳長青呆在當地，全身發抖。

這時候，要不是他發現了有兩道「出路」的話，他一定會像是被魔法定住了一樣，說不定就此再也不能移動，變成了石像！

他看到了兩道血路，那自然是衞斯理的車子，輾壓過去時所形成的，那令他知道，衞斯理和小郭，通過了這障礙，在礦洞的深處！他也非要進去不可！

已然衰竭了的勇氣再度重燃，他跨到了那兩道血路上，大踏步前進，非到必要，不敢呼吸，因爲洞中的空氣，充滿了血腥味，難聞之極。

等到他終於踏出了死蝙蝠層時，他也自然而然，看到了那個支架，看到了那個礦井，看到了絞盤上的數字：三七二公尺。

陳長青立刻就可以知道，他要找的人，都在那礦井之下，更重要的是：李宣宣也必然在礦井之下，因爲他也看到了衞斯理的那輛車子。

這時，他的想法，和衞斯理一樣，首先想到的是：從陰間來的女人，回到陰間去了！

他也想起了在衞斯理住所自己所說的「戲言」，看來竟是真的。三百七十二公尺深的礦井，除了通向陰司地獄之外，還能通到甚麼地方去？

陳長青連考慮也沒有考慮，就轉動絞盤上的轉柄，要把升降籠絞起來——他也要下礦井去！

控制升降籠上落的絞盤上，數字既然顯示了「三七二」，那自然說明，衞斯理和白素，也已經到達了這個深度。

小結一下在礦洞中發生的事：

李宣宣先到，下了礦井。

衞斯理和白素，本來可以第二個下礦井的，但是他們猶豫了一下，被小郭鑽了空檔，所以，小郭是第二個下礦井的，衞白二人，是第三輪才下去。

所以，衞白二人在升降籠中下降時，很注意向橫伸出的礦道，盡可能用強力電筒照着，同時，衞斯理也不時發出叫聲：「小郭！小郭！」

他當然不能叫得太大聲，避免引起回聲。

可是一直到達了「三七二」這個數字出現，並沒有發現，而且，很出乎他們意料之外的是，這個深度，並不是礦井的底部。

電筒射向下，下面黑壓壓的，不知道有多深！

而升降籠在「三七二」這個深度停了下來之後，面對着一條很寬的坑道，移開升降籠的鐵柵，一步就可以跨過去，衞白二人，略為猶豫了一下，電洞光芒照處，就可以看到坑道的口子上，做着一個明顯的箭頭記號，而且，還留有一個「郭」字。

那是小郭留下來的記號。

小郭鑽了那個空檔下來，知道衞斯理和白素也一定會接着下來的。他雖然有非涉險不可的理由，也總希望在涉險的過程之中，可以有伴，而衞斯理和白素，可以說是世界上最好的探險伴侶了。所以，他不但在升降籠底留了字，又在這裡，做下了記號。

衞斯理移開了升降籠的欄柵，一步跨了過去，白素也隨後跨來，他們在坑道口略停了一停，衞斯理吸了一口氣：「這坑道，可能又有好幾百公尺深！」

白素揚了揚眉：「已經來到這裡，沒有退縮之理！」

他們着亮了電筒，向前走去，坑道斜斜向下，約呈三十度角，走出了一百公尺左右，就到達了一個相當大的礦洞中，洞壁上還全是閃閃發亮的煤塊，也有一些舊式的採煤工具，散亂地在礦洞之中。

除了左首，洞壁處有一個極窄的通道之外，這個礦洞，別無去路，已到盡頭了！

所以，衞白二人，自然而然，向那狹窄的通道走去，一到了口子上，就又發現了留着箭嘴，指向通道之內。

那通道只有不到五十公分，人要橫着身子才能擠進去，而且，看來也不像是人工鑿出來，倒像是忽然山崩地裂所形成的一個大裂縫——作爲通道，當然很窄，但如果是裂縫的話，倒又顯得很寬了！

衞斯理先用電筒，向內照射了一下，只見那裂縫的兩邊，全是亮晶晶的煤塊，而且，很是曲折，只照到十來公尺，就已經看不到轉彎之後的情形了。

衞斯理先側着身，走了進去，白素緊跟在後面，兩人走出了五六步，就各自伸出手來緊握着。

這時，他們兩人所想到的一樣：他們想，這道裂縫如果忽然由於地殼的小小變動，而又合攏來的話，那麼，他們就被擠在中間了。或許，再過幾百萬年，又有人開採煤礦，恰好開到這裡，那麼，就可以發現有兩個人形的化石，要大大下一番功夫去研究！

（在煤層中，甚麼都可以發現，包括活的青蛙。那是地底寶庫，也是地下的謎團！）

他們一直向前走，到達了第一個轉彎處，還是那麼窄，衞斯理在前，兩人手牽着手——他們已經好久沒有一起探險了，所以雖然處境奇詭，但是心中很是快樂。

就在這時候，忽然前面，竟然有人聲傳來，像是就在身前不遠處有人，可是電筒光芒所及，有七八公尺距離，前面才是另一個彎，在這段距離之中，並沒有人。

可是人語聽來，却十分清楚，而且一聽，就可以聽出，那是小郭的聲音：「你又來了，又從陰間來了？」

乍一聽到了小郭的聲音，衞斯理又驚又不明所以，白素立時向煤壁指了一指，衞斯理也隨即恍然：曲折轉彎的通道，對聲波有特殊的引導作用。說話的人可能距離還很遠，但是聲波沿壁傳過來，可以變得聽來很近——有許多「迴音壁」之類的建築，就是根據這個原理建成的！

衞斯理先熄了電筒，白素也同樣做，刹那之間，他們陷入無邊的黑暗之中。

七、小郭被帶赴陰間

在漆黑之中，可能是心理作用，他們感到聽到的聲音更清楚。

先是小郭的呼吸聲，立刻又聽到了另一個較細的呼吸聲，和一下低低的驚呼——毫無疑問，那是李宣宣的聲音。

再接着，就是李宣宣在說話：「眞想不到，你眞有鍥而不捨的精神！」

小郭道：「王大同在臨死之前，說出了你的秘密，他說，你從陰間來！」

衞斯理和白素互望了一眼，兩人都想：小郭這句話，一定會引起李宣宣極度的震動——因爲李宣宣苦心掩飾的秘密被揭開了！

李宣宣的反應果然激動之極，可是衞白二人却料錯了，李宣宣的異常激動，並不是由於她的秘密被揭穿，而是另外有原因。

先是聽到李宣宣發出了一下奇異之極的聲音——像是因抽搐而在喉際發出來的，接着，便是她的一聲慘叫：「你說甚麼？」

雖然只是一下叫和一聲喝問，可是在這裂縫中聽起來，也是駭人之極，衞斯理正用一隻手按在煤壁之上，所以他不但耳際響起了一陣嗡嗡的回響，還清楚地感到，煤壁在微微震動。

這不禁令衞斯理駭然：要是聲波的震盪，令得煤壁塌了下來，他和白素，想不去陰間也不行了！

白素也在這時，吸了一口氣。

小郭顯然也受到了震驚，是以他的聲音，聽來有點發顫：「我說王大同臨死之前，說你——」

小郭的話，是說到一半，就已被李宣宣的尖叫聲打斷：「你再說一次！」

小郭究竟不失是一個精明的人，他也覺出李宣宣的激動，不是爲了自己揭穿了她從陰間來，而是整句話的上一半——她不知道王大同死了！

所以，小郭改了口：「王大同死了！」

李宣宣怒叱：「你胡說，他怎麼會死？」

小郭的聲音之中，也有了怒意：「他怎麼不會死？他傷得那麼重，隨時會斷氣！」

李宣宣的聲音更是淒厲，這時，單聽她的聲音，一定會把她設想為一個披頭散髮，七孔流血，伸出尺把長舌頭的厲鬼，再也難以想像她是一個國色天香的大美人。

她急速地道：「他不會死！他不會死！」

小郭回答：「他死了，很多人看着他死的！」

小郭在說了這句話之後，約有兩秒鐘的沉寂——也不是完全的沉寂，可以聽到急速的喘氣聲，不知是小郭還是李宣宣發出來的。

接着，便是李宣宣叫道：「他死了，我也要叫他活回來！」

衞斯理和白素聽到這裡，在漆黑之中，各自緊握了對方的手一下——李宣宣在離開王家大宅之時，也曾這樣子說過。兩人都想不透，李宣宣有甚麼方法，可以使一個死了的人活回來。

剎那之間，他們的思緒，十分紊亂，所想到的，是種種有關陰間的傳統說法：牛頭馬面來勾魂，一勾走了魂，那個人就死了，靈魂被勾到了陰間，有時，判官或閻王，會發現其人陽壽未盡，是陰差犯了錯誤，遂又把靈魂送了回去，那個人就還陽——活回來了。

也有的情形是，被勾了魂的人，陽間還有未了的事務，非處理不可，不能就此死去，那麼閻王或判官（陰間的主宰）也會格外施恩，放他還陽幾天，去處理事務，到時再回陰間，那麼，這個人也能有短暫時間的「活回來」。

死了的人是不是會「活回來」，是由閻王或判官決定的，也就是說，只有傳說中陰間的主宰，才能使死了的人活回來！

李宣宣是甚麼身分，她何以那麼肯定，她有能力可以令王大同活回來？

兩人心念電轉，想到的事雖然多，但是所花的時間極短，緊接着，又聽得小郭驚叫：「你幹甚麼？別走！」

看來一定有非常的情形出現，因為小郭也忘了身在險境，竟然大喝了起來。

這一叫，連煤壁上也發出了一陣嗡嗡聲，衞白二人的手握得更緊，小郭叫了之後，是一陣悉索之聲，那是兩個人身體糾纏掙扎時所發出的聲響，夾雜着李宣宣的叫聲：「放開我！放開我！」

小郭則在叫：「不放！我絕不會放開你！」

李宣宣叫得更急：「你不放，對你沒好處！」

小郭像是豁了出去：「至多你把我也帶到陰間去——」

小郭是扯着喉嚨叫出那句話來的，他的一個「去」字，悠悠不絕，餘音嫋嫋，可是在那個「去」字之後，却再也沒有了下文。

竟然變得一片死寂！

衞白二人，可以聽到自己的呼吸聲，心跳聲，除此之外，再無別的聲響！

這情景，簡直是詭異到了難以想像的地步，竟像是四周的溫度，也驟然下降了幾十度。

衞斯理首先想到的情景是：李宣宣一聽到了王大同的死訊，在震驚之後，就有了行動，她的行動是要到陰間去。而小郭不讓她去，也有了行動，小郭的行動是一把將李宣宣抱住。

於是兩人就掙扎糾纏，小郭堅決不肯放開，於是，李宣宣就帶着他，一起到陰間去了！

這種推理，得出的結論，雖然匪夷所思至於極點，但那却是唯一可以達致的結論！

兩人在黑暗和一片死寂之中，大約只呆了幾秒鐘，白素便首先着亮了電筒，並且，輕輕推了衛斯理一下。衛斯理向前跨出了一步，同時沉聲問：「小郭，你還在？」

他連問了三四聲，都沒有回答，小郭當然已不在了。

衛斯理望向白素，白素俏臉了白，緩緩搖了搖頭，衛斯理的聲音極低：「一齊……到陰間去了？」

白素又緩緩點頭：「只有這個可能，人……她是人……不是鬼！」

白素又再一次肯定李宣宣是人，衛斯理苦笑，二人繼續向前走。

又轉了幾個彎，前進了大約百來公尺，這窄縫便到了盡頭，盡頭處是一個小小的空間，像一個比較大的電梯。

那絕對是一個前無去路的空間，小郭和李宣宣兩人，剛才的對話，掙扎，極有可能，就是在這個空間之中發生。

問題是：他們兩人，上哪兒去了？

就算他們眞的到陰間去了，是從哪裡去的？通道在甚麼地方？

衞斯理和白素沿着狹窄的裂縫進來，若是小郭和李宣宣也是沿裂縫出來的話，連「擦身而過」的可能性都不存在，必然是迎頭相遇！

所以，李宣宣和小郭，必然就是在這個空間之中消失的。衞斯理用手拍打，用脚踢着，有拳頭大小的煤塊，紛紛落下來，他想找出一條隱秘的通道來。

白素默默地抬頭向上望，約有四公尺高，頂上也是閃着烏黑的煤，她忽然說了一句：「他們是穿入了煤層而離開這裡的！」

衞斯理怔了一怔：「穿越了固體？」

白素道：「可能之一是穿越固體，可能之二是在這裡進行了空間轉移，從陽間轉到了陰間！」

衞斯理深吸了一口氣，沉吟不語。

白素又道：「如果是空間的轉移，那麼這個『陰間』，和傳統的理解不同。」

衞斯理明白白素的意思——空間的轉移，那就不是傳統說法中的陰間，而是從一個空間，到另一個空間，那另一個空間，可以是任何形式，不是人類腦部活動所能想像得出情形來的。

衞斯理道：「可是她又堅持說能令王大同活回來——只有傳統理解的『陰間』，才有這個能力，閻王有生死簿，可以掌握人的生死！」

白素現出惘然之色，衞斯理又拍打着煤壁，他道：「我只是想找出甚麼通道來，傳遞一些訊息過去，也是好的！他們是在這裡消失，這一點可以肯定！」

白素抿着嘴，過了一會，她又道：「我有一連串的假設：李宣宣急於到陰間去，目的就是爲了挽救王大同的生命，她在陰間，像是已取得了成績，所以她在聽到了王大同的死訊之後，才會那麼激動，才會立刻再到陰間去，爲王大同的生命交涉！」

衞斯理點頭：「你注意到沒有，如果李宣宣的身子，是從四壁隱沒，小郭要阻止她，應該是『拉』住她，而不是像李宣宣叫的那樣是『抱』住她！」

白素點頭：「只有兩種情形之下，小郭需要用『抱』這個行動阻止李宣宣離去！」

衞斯理一手指上，一手指下，表示除非是升天入地，小郭就不必抱住李宣宣。

白素的視線，望向脚下。衛斯理道：「傳統觀念，陰間當然是在下面，但如果是另一個空間，那就根本沒有方向可言。」

白素又想了一會：「李宣宣要再出現的話，一定也會從這個空間冒出來，所以，可以在這裡等！」

衛斯理搖頭：「除非想看到她現身出來的情形，不然，上去等也一樣！」

白素在衛斯理的話中，聽出了他不是很願意在這裡久候——確然，在地底超過三百公尺處，在煤層的夾縫之中，那絕不是令人愉快的事，那令人產生一種自己已經成爲化石的可怖感覺。

白素沒有再說甚麼，點了點頭，兩人轉過身，又從裂縫中，向外走去，回到了坑道，來到坑道口子，却看到升降籠不見了！

才一發現升降籠不見，衛白二人確實大吃一驚，遍體生寒！

可是，他們隨即聽到「咣啷」一聲自礦井中傳了過來。

那聲音，還是自上而下傳下來的，證明正有人利用了升降籠下來，這才令他們兩人，大大鬆了一口氣，有絕處逢生之感——一點也不誇張，剛才發現升降籠突然消失時，他們都有被困地底，永不超生之感。後來原振俠醫生說，人在封閉的環境中，特別容易產生恐懼，在地底如此，在海底也如此。

衞斯理當然明白這個道理，可是明白了這個道理，恐懼還是照樣襲來。當時，他們雖然想到，李宣宣應該會出現——但也只是「應該出現」，而不是「絕對出現」——她有上天下地的本領，誰知道她是不是有別的方法離開！

這時，他們定下了神來，互相用眼色詢問對方，也問自己：「下來的會是誰？」

衞斯理立時笑了起來，指着自己的頭部：「偷一會懶吧，十分鐘之後，就可以知道下來的是誰了！」

白素也不由自主，嘆了一聲，因爲自從王大同闖了那個禍之後，雖然不過幾天功夫，可是在那幾天之中，變故疊生，怪異而不可解，要用腦筋的事之多，不可勝數，確然需要休息一下了！

白素靠向衞斯理，表示同意，兩人偎依在一起，雖然身在險地，但也感到甜蜜。

令衞斯理出乎意料之外的是，白素不知從何處，摸出了一隻扁平的小瓶來，一打開瓶蓋，酒香四溢，瓶中所裝，竟是極品佳釀！

夫妻二人，會心微笑，衞斯理接過酒來，喝了一口，遞給了白素，白素也喝了一口，兩人索性坐了下來，背靠着背，輕輕搖動，那小酒瓶就在他們的手中，傳來傳去，耳聽着升降籠向下落來的「吪啷」聲，越來越近，悠然自得，賞心怡神。把升降籠絞了上去，這時又下來的，自然是陳長青。

陳長青形容他身在升降籠之中，看到了衞白二人在坑道口，你一口我一口喝酒的情形，十分生動。

他道：「我提心吊膽，每下落一尺，就擔心一分，不知道下面暗無天日的地底，會有甚麼妖魔鬼怪冒出來，誰知道看到了衞斯理和白素，他媽的，兩個人那種樣子，那種享受法，就像是江南仲春，鶯飛草長，春風拂面，柳絲纏足那樣，纏綿得要死，恩愛得要命，此情此景，不是親眼目睹，殺我的頭，也想像不出！」

陳長青在當時，確然整個人都怔呆，眼睛瞪得老大，又連揉了好幾次眼。

衞斯理和白素，看到下來的是陳長青，先是有點驚異，但是一轉念之間，就知道是發生了甚麼事——陳長青知道他們的車子有訊號發射設備，自然是在書房之中發現了車子的去向，跟踪前來的——他們一下子就料到了陳長青在這裡出現的原因，但直到那時爲止，他們仍然不知道何以小郭會突然出現。

陳長青的模樣，很是滑稽，兩人向他點頭微笑，又揮了揮手。陳長青這才弄清楚，眼前所見全是事實，不是幻象，他再也忍不住，陡然大喝一聲。

衞斯理後來，常說陳長青是「闖禍坯」，就是從那一次開始的。

陳長青爲了渲洩心中的怒意，竟然身在礦井之中，就大喝了一聲！

他喝聲未畢，口也沒來得及閉上，礦井之中，就響起了「轟」地一下回聲。回聲在礦井之中，來回震盪，轟轟之聲不絕。

任何懷疑聲波可以製成毀滅性武器的人，都應該在這種環境中體驗一下。

來回震盪的回聲，不但令人心慌意亂，無所適從，而且，令得礦井的四壁，都像是在顫抖，大大小小的煤塊，紛紛落了下來，有的砸在升降籠的頂上，又發出聲響，再激起回聲。

陳長青身在籠內，那情景竟如同置身於狂風巨浪中的一頁扁舟一樣。

衞斯理和白素一躍而起，一起向他伸出手去，陳長青抓住了兩人的手，被兩人拉進了坑道。

那一聲大喝造成的混亂，足足在七八分鐘之後，才漸漸靜了下來，總算沒有毀滅性的破壞！

衞白二人並未責怪陳長青，只是齊聲嘆了一口氣，陳長青的臉色由白而紅，自己責備自己：「你們把秘密和小郭共享，不肯告訴我，看來很有道理。」

這句話自然聽得衞白二人莫名其妙，衞斯理覺得和陳長青這種人，說不清楚，所以只是瞪着他，並不說甚麼。白素則問：「此話怎講？」

陳長青一口氣，便把看到了小郭的車子之後的想法，說了出來。

衞白二人這才算是明白了小郭何以會突然出現的原因，衞斯理伸手在自己的頭上，拍了一下：「眞好笑，偷車子，却反倒把他帶來了。陳長青，我本來是想通知你的，可是聯絡不到——」

衞斯理把自己在礦洞中考慮的情形，說了一遍，聽得陳長青感動不已，緊握住衞斯理的手，用力搖着，口唇抖動，說不出話來。

過了片刻，他才道：「我也有巨大的發現——對了，那鏡子是怎麼一回事？」

衞斯理「啊」地一聲：「你也知道那鏡子的事了？」

陳長青連連點頭，白素提議：「我們再到那空間去，一面走，一面說，就可以把事情都弄清楚。」

衞斯理道：「是，先說李宣宣和小郭的對話！」

陳長青聽得居然有這樣的奇事，雙手搓着，現出如痴如醉的神情——他的好奇心一發作，會不惜一切代價去滿足，何況這時，衞斯理甚麼都會告訴他，他心中的興奮，可想而知。

等到他們來到那個空間的時候，雙方已經交換了互相的經歷，陳長青聽得目定口呆，他發出了一個理所當然的問題：「那面寶鏡在哪裡？」

衞斯理苦笑：「找不到，相信是王大同藏起來了，除了他之外，沒有人知道，他已經死了，這寶鏡——」

陳長青急急道：「要是李宣宣能令王大同活回來，那就可以知道寶鏡在哪裡了！」

衞斯理「唔」了一聲：「如果！」

衞斯理也得到了不少新的資料，那漆器剖了開來之後，竟然出現了放置寶鏡的凹痕，那眞是不可思議之至。看起來，李宣宣和寶鏡，也有一定的關係，不然，就不會有這種情形出現！

衞斯理自然不會和祖天開一樣想法，認爲李宣宣是「來索命的冤鬼」，但是，在陳長青的轉述之中，他感到，事情的可疑點是：當年，祖天開和王老爺，得到那寶鏡的時候，大有可能用了極不正當的手段！

這種不正當的手段，可能還牽涉到人命的殺害，不然，祖天開何以會有「索命」，「報仇」這樣的說法？

衞斯理把這一點提了出來，陳長青和白素，都表示同意，白素道：「祖天開有虧心事，所以他才害怕，而且不肯對人說，那虧心事，一定很是不堪！」

陳長青悶哼：「這老滑頭！」

衞斯理頓了頓脚：「先別討論幾十年前的事，李宣宣帶了小郭到陰間去，是不是會回來？」

這個問題一提出來，陳長青就怪叫：「當然會！」

他叫了一聲之後，神情大是猶豫，因爲他也沒有把握，他只是主觀願望，想李宣宣回來而已！

八、還陽

陳長青看出衞白二人有疑惑的神色，他一拍胸口：「你們先上去，我在這裡等，給我食物和水，我可以一直在這裡等下去。」

對於陳長青的豪語，衞白二人絕不懷疑它的眞實，陳長青確然說得出做得到。

衞斯理提醒他：「這裡看來平靜，可是隨時可能發生意料不到的危險。」

陳長青義無反顧：「他從這裡去，一定從這裡來。若是我不能第一時間見到他們，枉爲人也！」

陳長青說得咬牙切齒，神情認眞，衞斯理和白素都想笑，可是却又不敢笑出聲來。他們知道，陳長青對於小郭能被李宣宣帶到陰間去的這種遭遇，羨慕之至。他到了此處，再要叫他離開，很是困難。

衞斯理點頭：「好，不超過八小時，替你送食物和水來，你還需要甚麼？」

陳長青想了一想：「也沒有甚麼可要的了，總不能把我的那些儀器全搬過來，也無法帶一把電鑽，鑽一條路通到陰間去！」

衞斯理駭然：「你可別亂來！」

陳長青伸手在煤壁上撫摸着，又道：「礦洞內外有許多死蝙蝠，情形很可怕，你們小心些！我就是踏着死蝙蝠進來的！」

衞斯理和白素不禁肅然起敬：「是，情形可怕極了，你眞勇敢！」

陳長青受了衞斯理和白素異口同聲的稱讚，興奮得臉上放光，神采飛揚，雙手抱拳：「也是硬着頭皮挺過來的，要是根本不害怕，那才好！」

衞白二人又齊聲道：「根本不害怕，那是沒有知覺，明明害怕之極，却能挺得過來，那才叫勇敢！」

陳長青咧着嘴笑：「能得到兩位這樣的讚揚，眞是……眞是……」

看來，他本來是想說「死而無憾」的——陳長青的言語、行動，一直很是誇張。後來，溫寶裕和他成了好友，兩人臭味相投，溫寶裕受他的影響不少。

可是，在如今這樣的環境之下，若是冒出了「死而無憾」這種話來，總不是很適合，所以他總算忍住了沒有說出來，只是道：「我在這裡，有甚麼發現，一定毫不保留，全都告訴你們！」

衞斯理和白素和他一起握了手，再一次慢慢自狹窄的裂縫之中，走了出去。

這是他們二人第二次從裂縫中出來，自然比上一次順利得多，衞斯理發現在裂縫的兩旁，凸凹不平的煤塊，簡直可以嵌配起來——若是右手邊有一塊六角形的煤塊凸出，那麼，左手邊，就必然有一個六角形的凹槽，可容那凸出的煤塊嵌進去。

衞斯理把自己的這個發現向白素說了，同時問：「這種情形，使你有甚麼想像？」

白素吸了一口氣：「像是把一隻饅頭一分爲二——有一股極大的力道，硬生生把煤礦拉成了兩半，所以才現出這樣的一道裂縫來！」

衞斯理駭然：「這股大力可以拉開煤礦，也可以把它合攏來！」

白素瞪了衞斯理一眼，伸手在他的口唇上，輕輕掩了一下，不讓他再說下去。事實上，兩人的心中，早就有這樣的感覺，只不過這時，才用語言表達出來而已。

他們利用升降籠上了礦井，又把升降籠放下去，因爲人在上面要下去，至多花點功夫，把籠絞上來，若是下面有人想上來，那就非要升降籠在下面不可。

到他們進了汽車之後，白素才吁了一口氣，她道：「這裡那麼可怖，洞口內外，又全是死蝙蝠，情景那麼可怕，眞是人間罕見！」

白素是有所感慨，所以隨便說說的，可是衞斯理一聽，却心中一動，他一面發動車子，向外衝去，一面心念電轉，思索着。

他這一集中精神，去思索白素剛才的那句話，也就沒有去留意周遭那可怕的環境，所以一下子就衝出了礦洞口。白素雙手一起抱着衞斯理的手臂，緊閉着眼睛，也避過了那可怕的景象。

白素雖然閉着眼，也可以覺察到衞斯理的感覺，她問：「你想到了甚麼？」

衞斯理道：「我們都上當了！」

白素睜開眼來，神情疑惑。衞斯理用力一揮手：「所謂李宣宣是『從陰間來』，只是王大同臨死的遺言，他臨死之前，可能根本神智不清，胡言亂語的也有可能，他知道的，是一種極其可怖的情景，他無以名之，就統而言之，說是『陰間』，他口中的『陰間』，和我們觀念中的『陰間』，根本是兩回事！」

白素緩緩搖頭：「也不一定，李宣宣就一直在說……她要令王大同活回來。令一個死去的人活回來，那只有來自陰間的人才做得到！」

衞斯理一陣縱笑：「那要王大同眞的活回來了，才能夠證明。」

白素又道：「還有，她不但自己會消失，還能帶着小郭一起走，我相信，地底深處的那個小空間，正是通向陰間之門路！」

這一點，衞斯理也無法作出其他的解釋，他只好又揮了揮手——那是他自少年時期就形成的一種動作上的習慣，並無任何代表性的意義。

這時，天色已然微明，不多久，便經過了小郭的車子，衞斯理向車子指了一指，兩人都覺得小郭機敏無比。再過一會，車子駛出了那幅警告牌，上了公路，衞斯理加快車速，可是才駛出不到十公里，前面的公路，就被好幾輛警車組成的路障，阻住了去路。

衞斯理才一停下車，就有兩個警官，疾奔而來，一面在揚聲高叫：「衞先生！衞先生！」

衞斯理打開車門，兩個警官來勢極快，喘着氣：「衞先生，黃主任一直在找你，他命令，一發現你，請你立即和他通話！」

衞斯理揚眉：「有甚麼要事？」

其中一個警官已遞過了通訊儀器來——其時的無線電通訊儀器還不是很普遍，也不像日後那樣輕巧靈便，人人可以隨身攜帶，而是十分沉重的。

衞斯理自警官的手中，接過通話儀來，才說了一句「我是衞斯理」，就聽到了黃堂的聲音。

黃堂所說的那句話，尤如一個晴天霹靂，令得衞斯理呆如木雞，反倒是在他身邊的白素，也聽到了這句話，但是卻很平靜，像是那本是她意料中的事！

但是實實在在，黃堂的話，還是石破天驚的：「衞斯理，王大同活回來了！」

衞斯理足足呆了三十秒之久，才向白素望去，白素揚了揚眉，沒有說甚麼。

黃堂又連叫了幾聲，衞斯理才道：「情形是怎樣的？死了的人，怎麼會活回來？」

黃堂道：「醫院方面說，有可能發生這種情形，那次死亡，並不是眞正的死亡，只是一種『僞死』現象，醫院方面承認沒有經過特殊的檢查法，沒有使用心電描記，沒有進行心臟X光透視，是他們的疏忽！」

衞斯理忍不住罵了一聲：「放屁！你也看過他臨死時的錄影帶，知道他是死了！」

黃堂沉默了片刻，忽然問：「尊夫人在不在？」

白素立時接上了口：「在！」

黃堂又頓了一頓，才道：「你會要我使王大同的身體不受破壞，那是爲了——」

白素的回答，直截之至：「因爲我知道他有活回來的可能！」

黃堂的聲音，聽來充滿了經過極度克制的憤怒，他道：「還有多少秘密是我不知道的？」

黃堂的這種語氣，很令人反感，衞斯理剛想回敬一句「憑甚麼所有的秘密都要給你知道」，可是白素平日溫柔文雅，眞要伶牙俐齒起來，也很厲害，她已經道：「太多了，黃主任！」

簡簡單單的三個字，就把黃堂堵得半晌說不出話來，只聽到他的喘氣聲。

衞斯理大聲道：「有三輛警車阻住了去路，謝謝你用這種方法，第一時間知我們這個消息，我們是不是可以有行動的自由？」

黃堂却答非所問：「王大同不但還陽，而且也不再昏迷，醒了過來。」

衞斯理和白素一起吸了一口氣——王大同清醒了！這太重要了！

整件撲朔迷離的事，其實關鍵全在兩個人的身上，一個是王大同，一個是李宣宣。只要他們兩人肯把一切說出來，甚麼謎團都可以揭開。但是兩個人，一個昏迷，一個失踪，所以才使事件變成了漆黑的謎團。

現在王大同醒了，那是揭開謎團的時候了！

衞斯理一時之間，不知如何反應才好，黃堂又道：「他醒了之後，甚麼人都不見，只想見衞夫人！」

白素大訝：「只見我？他妻子呢？他沒有問起他的妻子嗎？」

黃堂道：「根據醫護人員說，沒有，只有你！」

白素更是驚訝：「你也沒有見到他？」

黃堂憤然：「沒有，醫院方面說，在這種險死還生的情形下，絕不能違背他的意願，不然，後果堪虞。」

衞斯理安慰他：「黃主任，請你準備食水，食物，全用不超過四十公分的容器裝載，我們在西北公路，我駕車，你也立刻出發，相遇之後，白素由警車送去見王大同，我帶你到一處地方去，在那裡，可以得到許多秘密！」

黃堂得到了衞斯理這樣的許諾，精神為之一振，忙道：「好！我這就來！」

等到他們在公路上會合時，天色已大明了！

白素握着衞斯理的手：「你不和我一起去看王大同？」

衞斯理搖頭：「他是指名要見你，我不去了，我帶黃主任下礦井去，黃主任，那絕不是一個愉快的旅程，你要有心理準備！」

黃堂用力點頭：「我可以應付任何惡劣的處境！」

儘管黃堂已有了充分的心理準備，可是當他到達礦洞口，看到了那可怖的，令人毛髮悚然的情景之後，也不免臉色灰白，全身發抖，冷汗直冒！

黃堂不是普通的警官，他受過各種嚴格得異乎尋常的訓練，是國際警方正式公佈過的全球二十四個優秀警務人員之一，尚且有這樣的反應，可知那種情景，實在具有難以形容的震撼力。

黃堂當然是乘坐了衞斯理的車子進出礦洞的，尚且如此，所以，他後來知道陳長青竟然是徒步經過那片可怕的情景，他忍不住肅然起敬——是眞正的起敬，用標準的姿勢和動作，向陳長青行了一個敬禮，自此對陳長青大是改觀。

陳長青確然是一個了不起的奇人，觀乎後來，他竟然可以爲了探索生死的奧秘，而放棄億萬家財，跟隨西藏密宗喇嘛去深入研究，竟從此不知所踪，可知他對事物的探索，有着無可比擬之熱忱。

却說當時，衞斯理問：「祖天開知道王大同還陽的事情了吧？」

黃堂道：「當時我恰好在醫院，由於事情很快，祖天開的思想和行事方法又和時代脫節，王大同醒來之後的第一句話又是要見白素，所以我要求醫院方面甚麼人也別通知，由警方去尋找白素！」

衞斯理似笑非笑的望着他，黃堂若無其事：「我下令在全市範圍設置了超過一百個路障，一發現你的車子，立即截停！」

衞斯理道：「這說不過去，你明知我的車子，是被人駕走了的。」

黃堂望了白素一眼：「我始終不相信你們會不知道李宣宣的下落！」

白素苦笑：「以前，或者可以說知道，至少，可以追尋，現在，是眞的不知道了！」

黃堂駭然：「怎麼會？」

衞斯理道：「我會告訴你——」他轉向白素，「替陳長青送食水食物之後，我會立刻和你會合！」

衞白二人輕擁了一下，分道揚鑣。

衞斯理和黃堂上了車——當然亦是衞斯理的車子，衞斯理先問：「王大同還陽的情形如何？」

黃堂其實心急想知道衞斯理的遭遇，和他所不知道的秘密，但是他也知道，自己如果不先說說王大同還陽的情形，衞斯理是不會說甚麼的。

黃堂吸了一口氣：「我們分手之後，我到醫院去，心中一直在思索着，衞夫人這樣說，是甚麼意思。我所想到的是——不騙你，眞是那樣想，我想：難道王大同死了還能復活？不然，保存他的身體，有甚麼意義？」

衞斯理揚眉：「你的想像力太豐富了！」

黃堂一時之間，也弄不清這句話是褒是貶，他緩緩道：「王大同說李宣宣從陰間來，如果眞有甚麼陰間，那麼，那正是控制生、死的中心，李宣宣愛她的丈夫，就會作一定的努力！」

衞斯理連連點頭，因爲黃堂這樣的分析推理，可以令人接受。

黃堂由於有了這樣的想法，所以他到了醫院之後，就直奔向醫院的「太平間」——那是醫院放置屍體的所在，他才來到門口，就聽到了一陣喧嘩聲，有幾個人，正在大聲爭執。

一個醫院的雜工，神情駭然，指手劃脚：「死人復活了，我明明看到他在動，他復活了！」

另外兩個，看來像是醫護人員，正在怪責：「你少胡說八道，造謠引起恐慌，是犯法的！」

那雜工扯着喉嚨叫：「他不但動，喉嚨還發出咕咕聲，明明是眞的，怎麼說是我造謠？」

聽到了這樣的爭執，黃堂心中一動，問那雜工：「那死人是甚麼人？」

雜工道：「就是那個王大同！」

黃堂陡然吸了一口氣，問那兩個醫生道：「何必爭，進去看看就明白了！」

雜工雙手亂搖：「我可不敢進去……那可能是屍變，僵屍有甚麼人性，見一個咬一個……哎……」

他一面說，一面後退，黃堂一伸手，抓住了他，又向兩個醫生一擺頭，示意他們一起進去。

却不料兩個醫生剛才還在斥雜工造謠，這時，竟大有懼色，踟躕着不敢進去！黃堂不禁大是鄙夷，推着那雜工，就進了太平間，才一進去，那雜工就發出了一下慘叫聲，黃堂不禁遍體生寒，如同跌進了冰水之中！

太平間中的氣溫很低，王大同的屍體——這時，已絕不能說「王大同的屍體」了，那樣說，只是爲了敍述起來方便而已。

王大同由於才死不久，所以他的屍體並沒有放入溫度更低的冷藏箱之中。而只是放在鋪着磁磚的槽上，那多半是由於方便醫生對屍體進行檢查而設的。

那雜工剛才說，王大同手脚會動，而且喉間發出了「咕咕」聲。可是這時，黃堂却赫然看到，王大同已經坐了起來，正在四面看着。

王大同是受了傷昏迷不醒入院的，身上受傷的所在，本來全有綳帶綁紮着，在醫生宣佈他死亡之後，所有的裹紮也全被除了下來。他頭臉上，身上的傷痕，並不算少，都暴露在外，有的傷處，還在向外滲着血水，那情形已經夠恐怖的了，再加上他死而復活（也有可能是屍變），自然更令人震慄。

而且，他並沒有衣服，本來應該有幅白布蓋着的，這時由於他坐了起來，所以白布也被掀起了一半，只遮住了他的下半身。

在黃堂發呆時，那雜工又是一聲怪叫，掙脫了向外就奔，迎面撞到了終於敢進來的兩個醫生身上。

那兩個醫生一看到王大同坐了起來，也驚得呆了，其中一個雙腿發軟，竟然被撞得跌倒在地，一時之間，起不了身。

那時，反倒是王大同先開口，聲音難聽之極，他是醫生，自然知道自己身在何處，所以他開口問的是：「我已經死了？」

黃堂鼓起勇氣，向他走去：「本來是，可是現在，你顯然活回來了！」

王大同閉上眼睛一會，一字一頓地道：「我要見衞斯理夫人，白素。除了她之外，我甚麼人也不見！」

黃堂並沒有作聲，只是一揮手，令那兩個嚇軟了脚的醫生過來。不到十分鐘，醫院中亂得像是每一個人都被沸水淋了脚一樣，王大同又被移到了病房中，再替他的傷口止血，包紮，醫生圍着他團團轉，黃堂向他表明了身分，可是王大同甚麼也不說，只是道：「白素，快找她，我只要見她一個人！」

王大同死了還陽，竟然不提他妻子李宣宣，也不提他的關係非常的管家祖天開，只是要見白素，黃堂不知爲甚麼，也只好照辦。

九、從煤層中冒出來的兩個人

他和醫院方面商議好了，對王大同還陽一事，嚴守秘密。醫院方面，怕事情傳出去對名譽有損，所以來不及找藉口，只說是一時的疏忽，當然對黃堂的佈置，也全部同意。

黃堂於是開始尋找白素。

白素一直和衞斯理在一起，在那個礦洞之中，如果不離開的話，黃堂無法找到她。

黃堂的辦法也不錯，他動員了眾多的警員，廣設路障，他們不出現則已，一出現，他必然可以得到消息。

黃堂說完了經過，車子已經駛過了那警告牌，衞斯理把車駛得很快，也開始了他的敍述。

等到車子駛返礦洞口，看到了那可怖的景象時，由於早已紅日高掛，看得格外清楚，也就格外怵目驚心，黃堂的反應，前面已說過，不再重複了。

衞斯理在礦井之前，和黃堂一起合力把升降籠絞了上來，又下礦井去，在坑道中行進，帶着食水食物，擠在那裂縫之中。

這段路程不長，可是都用很困難的方式行進，所以花了一個多小時，衞斯理邊走邊說，祖天開剖開了那神秘漆器之後的發現，都告訴了黃堂，直聽得黃堂目定口呆，說不出話來。

衞斯理吸了一口氣：「其實，只要王大同肯說出實情，問題至少可以解決一半！」

他這句話才出口，就聽得陳長青的聲音，傳了過來——那時，衞斯理估計，離那空間，至少還有百來公尺，但裂縫有奇妙的聲波傳送作用，所以他們的交談聲，自然也是已傳入陳長青的耳中！

陳長青道：「衞斯理，你在說甚麼？王大同死了，他能說甚麼秘密出來！」

衞斯理苦笑：「洞中方一日，世上已千年，又有意想不到的事發生了！」

陳長青的聲音之中，充滿了驚喜：「甚麼好消息？」

衞斯理道：「你聽了之後，可不准大叫——王大同活回來了！」

陳長青果然沒有大叫，但是，「嗖嗖」地一下吸氣聲，卻清晰可聞。

黃堂對於這種聞聲不見人的現象，開始也很奇怪，但隨即明白了道理。

陳長青接下來的聲音，有點發顫：「那……那她真是從陰間來的……能起死回生……王大同陽壽未盡，命不該絕，所以才復活的？」

陳長青在過度的驚愕之餘，有點語無倫次，說話之間，已經到了那個空間，陳長青滿面皆是驚駭之容。

衞斯理一見到他就問：「有甚麼結果？」

陳長青攤了攤手，表示他在這裡，一無所得，而且，他多半由於太急於想知道王大同復活的事了，以致許多問題，擠在喉嚨，不知道該如何發問才好。

看到他那種情形，衞斯理忙把情形說了，陳長青的頭上下四方擺動着，也不知道他在幹甚麼，過了好一會，他才道：「是……李宣宣到了陰間，放他還陽的？」

陳長青的說法，雖然怪誕之至，但是倒和衞斯理和黃堂的想像，很是吻合，所以兩人並沒有反對，陳長青興奮得漲紅了臉：「那麼，這裡，真是通向陰間的門路，真是的，真是的。」

他一面說，一面雙手握成了拳，在壁上不住地敲打着，打得壁上不住有小煤塊簌簌落下來。

衞斯理道：「別太興奮了，雖然這裡是通向陰間的門路，可是你找不到！」

陳長青手舞足蹈：「我可以等——我已決定了等，本來，我決定在這裡等一年，現在，我決定等三年，不，等十年八年！」

黃堂畢竟和陳長青不是太熟，一聽得陳長青爲了要發現通向陰間之路，竟準備在地底深處，等上十年八載，他不禁大是吃驚。但對於衞斯理來說，那却是理所當然之事，要是陳長青肯離去，他反倒會當成怪事，其怪異程度，和太陽忽然在西邊升起相同！

當時，在那個小空間中，各人都自然而然，背靠着壁站着——由於空間不大，三個人如果全站在中心部分的話，會顯得擁擠。

陳長青可能由於興奮的緣故，說着話，就拿起了帶來給他的食水桶——那是一隻普通用來盛汽油的扁方形桶，他舉了起來，就大口大口喝着水。

黃堂就在他的身邊，兩人和衞斯理面對。黃堂看到了陳長青那種喝水的樣子，又是駭然，又是好笑，取笑道：「像你這樣喝水法，看來要打一口井，不然，你在這裡等久了，哪夠水——」

他那一句話還沒有說完，就陡然停住，雙眼緊盯着衞斯理，口形還停在「水」字的發聲形狀上，可是兩邊面頰都在顫抖，雙眼之中現出的神情，怪異之極。

而在同時，正在舉桶喝水的陳長青，動作頓時停止了，有一口水可能還在他的口中，他也不嚥下去。

陳長青是舉着那水桶在喝水的，這時也仍然舉着，但是卻不用口去接水，任由水自桶中流出來。流水的聲音本來很簡單，可是剎那之間，兩人的情狀，如此怪異，流水聲聽來，也就變得震人心弦了！

衞斯理一看到兩人這等情形，就知道有甚麼奇特之極的變故發生了，而且，意外發生在他那時所處的方位，看不到的地方！

那空間很小，衞斯理看不到的地方，只有他的背後，而他的背靠在壁上，不可能有甚麼變化，那只有在他的頭頂之上了！

衞斯理心念電轉，那時，由於黃堂和陳長青兩人的情狀，實在太怪異，所以他的視線，一時之間，離不開他們。他的第一個反應，是伸手向自己的頭上摸去。

他的手才一伸上去，就碰到了一樣東西。衞斯理自小就受過嚴格的武術訓練，反應極快，而且幾乎和生理上的條件反射情況相類似，根本不必想，就會有自然而然所產生的反應。

他的手一碰到了有東西，他根本不知道那是甚麼，五指一緊，已將那東西抓住——直到五指一緊，抓住了那東西，他才感到，他像是抓住了一個人的足踝。

那真是不可思議之極了！

在他的頭上，怎麼可能忽然出現了一隻人的脚呢？但那又是必然的事，如果不是那樣，他又如何能抓到一個人的足踝？

衞斯理雖然有過種種怪異的經歷，但是這種事情，也未免太難以設想了，他一張口，就想發出怪叫聲——這也是自然之極的反應，可是他才一張口，就突然有一隻手，也不知是從甚麼地方伸出來的，掩住了他的口。

衞斯理那時，雖然在極度的震駭之中，但是也還可以感到，掩住了他口的那隻手，軟綿綿，香馥馥，分明是一隻女人的手！

這時，別說陳長青和黃堂了，連衞斯理，也如同泥塑木雕一樣，事後陳長青回憶：「衞斯理的口叫人掩住了，只看到他的眼睛，像是兩隻高爾夫球一樣，認識他那麼久，沒有見過他這種樣子！」

衞斯理一下沒有叫出來，只覺得被他抓住了的足踝，向下沉了一沉，突然有一隻腳，踏到了他的頭上。衞斯理的行動能力恢復極快，他一鬆手，順勢撥開了那隻女人的手，身子向前，一步跨出，陳長青和黃堂，這時也開始行動，各自一伸手，拉住了衞斯理，把衞斯理拉了過來。

這時，他們兩人伸手拉衞斯理，也不知是想救助衞斯理，還是他們自己感到害怕，需要向衞斯理求助。

總之，就在他們一拉之下，衞斯理又向前跨出了一步，並且立時轉過身來，三個人自然而然，靠在一起。這時，衞斯理也看到了那詭異絕倫的情形。

衞斯理看到的情形，並沒有比黃堂和陳長青少太多，因爲發生在眼前的一切，發展進行得很慢，像是電影中的超級慢動作鏡頭。

黃堂和陳長青，首先看到的是，在衞斯理的頭頂上，煤壁之中，忽然有一隻腳，伸了出來——有鞋有襪，那是一隻男人的腳，斜斜地伸了出來，眼看要踏到衞斯理的頭頂之上了！

看到了那樣怪異的情形，如何不叫他們兩人，在剎那之間，呆若木鷄，幾乎連血液循環，都像是停頓了！

衞斯理的反應算是快的了，他一伸手，就抓住了那隻腳的足踝，同時，張口想叫，他一張口，就在他身後的煤壁上，一隻手伸出來，掩住了他的口，那是一隻又白又嫩的女性之手。

而那隻腳，還在繼續伸出來，已可以看到小腿，差點沒踏在衞斯理的頭上。

等到衞斯理轉過身時，那隻女人的手，已經伸到了手臂，那隻腳，也伸到了腿彎，還在繼續慢慢向外升，像是昆虫在成虫之後，自繭中掙扎出來一樣，也像是正在蛻殼的虫，要從舊殼中掙出來，也像是那幅煤壁，只是一大桶厚稠的液體，所以肢體可以擠出來。

這種情形，當眞是想像不出的怪異，三人之中，衞斯理最先定過神來，他雖然也是第一次目擊這種怪異莫名的情景，但是却曾有過相同的經歷。

就在不久之前，他曾在中國四川青城山的一個幽谷之中，在一個神仙洞府之中，和神仙相遇，神仙洞府有很大的石門封着，可是，在某種情形下，固體的石門，會變得可以任由人穿過去——衞斯理在那時，遲了一步，他伸手按向石門，如同按在柔軟的，未曾凝結的石膏上，留下了一個手印，而他的一個同伴，却已經穿過石門，進了神仙洞府之中！

（這一段經歷，記述在「神仙」這個故事之中。）

所以，衞斯理這時，略定下了神，就可以知道那是甚麼樣的一種現象，他吸了一口氣，作了一個手勢，令黃堂和陳長青兩人鎮定。

當時，一男一女現出煤壁的身體部分更多了！

雖然很明顯地，自煤壁中慢慢現身出來的，是一男一女，可是一時之間，也看不清他們是用甚麼樣的姿勢在冒出來。

男的在上面，這時，他的右腿，已全部現出來，也看到了他的手和手臂，可是手臂和大腿，却就在旁邊，並列着——從這種情形看來，這個人像是彎着身子，在向外擠出來的。

而那個女的，現出煤壁的速度更慢，她的一條手臂才完全伸出，可以看到她的肩頭，接着，是奇特之極的，看到她的一頭秀髮，自煤層中擠了出來。

頭髮何等柔軟，煤層堅硬無比（要用風鑽把煤塊採下來），可是頭髮卻漸漸自煤層中現出來，一出煤層，就在輕輕飄動！

而那個男人的頭部，這時已現出來了，他竟然是臉直向着外露出來了，所以先看到他的鼻尖，接着是整個鼻子，額角，眉準，然後，是一張臉，那情景，眞是詭異之極，看得三個人目定口呆。

雖然在衣服上，三人早已知道，那冒出來的男人是小郭，但到眞正看清了那張臉正是小郭時，感覺還是十分怪異。而且，小郭的神情，看來很是迷惘，像是他根本沒有知覺，是在一種昏迷狀態之中。

而在這時，那女的冒出來的速度，陡然加快，幾乎是在一眨眼之間，一個俏生生的大美人，就已站到了三人的面前，三個人都認出她是李宣宣，只見她雖然嬌艷，可是神情疲累之極，她看到了眼前的衞斯理，黃堂和陳長青三人，倒並沒有驚訝之感，只是作了一個手勢，示意三人不要出聲，隨即轉過身去。

這時，最難忍受的當然是陳長青了，他總算忍住了沒有說甚麼，可是在他的喉際，却發出了一陣連續不斷的「咕嚕」聲，像是冬天在晒太陽的貓兒一般。

李宣宣轉過身去時，小郭也現出了一大半來，他果然是彎着身子，那姿勢，有點像在子宮中的胎兒，他的神情仍然迷惘。

直到他整個人都快要冒出來的時候，看來他會從高處跌下來，衞斯理先走過去，小郭果然身子直向下跌來，衞斯理接住了他，他才睜開眼來，略為掙扎了一下，總算自己站定了身子。

他的神情，仍是一片惘然，四面看看，看到了李宣宣，他陡然怪叫了起來：「你不是人！你不是人！我親眼看到你從煤層中冒出來，你不是人！」

衞斯理，黃堂和陳長青三人，再也想不到小郭由惘然到清醒之後，所說的第一番話，會是這樣子的！

這幾句話，證明他可能不知道會發生過甚麼事！因為他自己也是才從煤層中冒出來的！

陳長青再也忍不住，先怪叫了起來：「你自己也是從煤層中冒出來的，難道你也不是人！」

小郭一聽得陳長青那樣說，又是惘然，又是憤怒：「你在發甚麼神經病！」

他這樣一說，更證明了他不知發生過甚麼事。衞斯理高舉雙手，示意他們先別爲這事爭吵，他向李宣宣望去，李宣宣用聽來很乏力的聲音問：「大同……他……」

衞斯理立時道：「王大同還陽了。」

衞斯理在這時候，故意用了「還陽」這個詞，而不用「活回來了」，自然是針對王大同所說的「陰間」，用意是觀察李宣宣的反應。

李宣宣的反應是，聽了之後，長長地呼了一口氣，刹那之間，像是整個人都脫了力一樣，身子搖晃着，跌退了一步，背靠在煤壁上，整個人軟軟地滑了下去，終於變得坐倒在地上。

那情形，分明是她用盡了力量，終於完成了一件事之後的鬆弛。

看到李宣宣這種情形，幾個大男人儘管滿腹疑問。但也不好意思立刻追問，所以陳長青又面向小郭：「你被她帶到陰間去了？」

小郭又驚又怒：「你放甚麼屁？」

陳長青望向衞斯理，尋求衞斯理的支持。

衞斯理雖然沒有看到小郭是如何「走進」煤層的，也不知道小郭是不是眞的到過陰間，但剛才小郭從煤層中冒出來，他是親眼看到的，所以他猶豫了一下，問小郭：「你不知道你剛才，是從煤層中冒出來，和她一樣？」

衞斯理說着，向李宣宣指了一指。陳長青趁機向李宣宣問了一句：「你丈夫說你是從陰間來的，那是怎麼一回事？」

李宣宣沒有回答，只是倚壁而坐，喘着氣，神態疲倦之至，雙眼已半開半閉。

小郭聽得衞斯理那樣說，神情疑惑之至，望了望自己的身子，又望向煤壁，陳長青走過去，伸手拍打着小郭剛才冒出來的地方：「就在這裡，你一隻脚先伸出來，差點踏在衞斯理的頭上！」

小郭又望向衞斯理，衞斯理點了點頭。

小郭陡然激動起來，兩步跨到了李宣宣的面前，伸手指着她：「你……你……」

李宣宣仍然坐在地上，慢慢抬起頭，望向聲勢洶洶，站在她面前的小郭。小郭也分明不知道有多少話要責問她，可是李宣宣沒有動作，也沒有說話，只是在她的俏臉之上，現出了一股十分哀切，帶着無奈的懇求的神情。這種神情，透過她的眼波，形成了人人都可以明白的語言：「求求你，先別追問，甚麼也別問！」

小郭一看到李宣宣現出這樣的神情，他只說了個「你」字，也就再也說不下去了。

陳長青也張大了口，把要問出來的話，硬生生地吞了下去。

衞斯理見了李宣宣的那種神情，也在心中嘆了一聲，他沉聲道：「我看，我們應該儘快離開這裡，王夫人，你是再在這裡消失，還是和我們一起離開？」

李宣宣慢慢掙扎着，想要站起來，可是又力有未逮，當眞是弱不禁風之至，小郭和陳長青，連忙一邊一個，扶着她站了起來。

李宣宣軟弱無力地道：「我要去看……大同……素姐呢？我也想見她！」

衞斯理苦笑：「王醫生一活回來，也指名單要見白素一人，她應命到醫院去了。」

李宣宣又吁了一口氣，黃堂沉聲道：「一共是五個人，那升降籠的負重——」

衞斯理道：「應該不成問題，送礦工下來，一定是擠滿了籠子的。」

四個男人並沒有商量過，可是行動都大有默契，黃堂和陳長青，先走進裂縫，衞斯理向李宣宣作了一個手勢，請她啟駕，李宣宣一聲不出，也走進了裂縫，然後是小郭，而由衞斯理殿後。

這樣的安排，自然是把李宣宣夾在中間，以便監視之意。可是後來，衞斯理向白素說起了這情形，白素笑：「你們四個大男人，也真算有出息，李宣宣有穿透煤層的本領，她要離開你們，再容易都沒有，小郭那一抱，就沒能阻止她！」

衞斯理聽了，也只好苦笑。而白素所說的「小郭的那一抱」，很有來由，是小郭在上了車子之後說出來的。

升降籠升上了礦井，上了車，陳長青和黃堂，異口同聲，說了礦洞口的可怕情形，李宣宣發出了一下呻吟聲，很是動人。

十、美女的力量

一時之間，幾個人都向她望去。

李宣宣卻除了那一下反應之外，再也沒有別的行動和表情，只是垂着眼瞼，一動不動。她坐在駕駛位的旁邊，車由衞斯理駕駛。所以，衞斯理一轉過頭，就可以把她看得很清楚，他看到她真正是一動不動，甚至連長長的睫毛，都不顫動一下。

衞斯理在他的冒險生活之中，見過各種各樣的人，可是像李宣宣那樣深沉的人，卻也極罕見。這時，她俏臉煞白，看來嬌柔無限。但是衞斯理知道，要憑在車中的四個大男人的力量，想要令她說點甚麼出來，只怕比登天還難！

不單是衞斯理，其餘三人，顯然也有同樣的想法，所以陳長青一開口，不是問李宣宣，而是問小郭：「喂，油頭粉面，衞斯理說聽到你的語聲，可是趕過來，你已不見了，那是怎麼一回事？」

小郭悶哼一聲，還沒有回答，已看到了礦洞內外，佈滿了厚厚一層死蝙蝠，其中許多還變成了血肉糢糊的可怕情景。一時之間，他張大了口，出氣多，入氣少，神情駭然——那自然是正常的反應。

陳長青有點自豪：「油頭粉面，想不到吧，我是踏着牠們走進來的！」

小郭聽了，在他的喉際，突然響起了一陣乾嘔聲。衞斯理盡量提高車速，車子飛快地輾過死蝙蝠，發出可怕的聲響，濺起怵目驚心的腥血。

衞斯理在倒後鏡中，看到小郭駭然欲絕的神情。那是第一次身歷此境的人的正常反應——小郭是第一次看到震撼人心的情景。

李宣宣也應該是第一次，所以衞斯理也特地留意她的反應——出色的女性只有白素，在見到那麼可怕的情形時，也不免張惶失措！

可是李宣宣却全然無動於中，她仍然一動不動，不知道她是根本沒有注意到礦洞內外有那麼震人心弦的情景，還是看到了之後，仍然鎮定以恒。

看她這時的情形，倒像是在錄影帶中看到的，她坐在王大同的病牀邊上相彷，只是一動不動地垂首而坐，只怕再也沒有人知道她心中在想些甚麼！

車子跳動顛簸，李宣宣的身子，自然也不免震動，但是她給人的整體感覺，却是絲紋不動！

車子駛離礦洞，小郭才定過神來，陳長青取笑他：「魂飛魄散之餘，還記得我剛才向你問了甚麼問題嗎？要不要我向你重複一遍？」

小郭悶哼一聲，一開口，聲音很是難聽：「不勞費心，我記得！」

他略頓了一頓，先把他如何設計，料定了衛斯理必然會「借」用他車子的經過，說了一遍。說的時候，自然不免有點得意洋洋。

他這一番話，連衛斯理也是第一次聽到。衛斯理這才知道小郭是怎麼來的。陳長青本來，大有責怪衛斯理之意，這時方始釋然，伸手拍了拍衛斯理的肩頭，表示歉意。

小郭繼續道：「衛斯理和白素一離開，我就進了升降籠，落礦井——」

陳長青打斷了他的話頭：「油頭粉面，你爲甚麼要冒這樣的大險？」

小郭木然：「我受人委托！」

衛斯理和陳長青同時悶哼了一聲——因爲小郭一直用這樣的回答在搪塞，可是卻又全然不肯透露他的委托人是誰，顯得十分神秘。

黃堂沉聲道：「請別打斷郭先生的敍述！」

在車子的後座，黃堂坐在小郭和陳長青之間——這樣坐法很重要，可以避免小郭和陳長青兩人，一言不合，大打出手。

陳長青不再說甚麼。

小郭續道：「我下了礦井，到了深度三七二公尺處，進入了坑道，發現了那裂縫，也自然而然，到達了那個空間之中——那時候，離衞白二人去而復回，並沒有多久，我在籠底和坑道口，都留下了記號，知道他們必然會來找我，只是我未曾料到他們會來得那麼快！」

陳長青又忍不住：「別作心理分析了，說事實！」

小郭沒有和陳長青爭論，抬眼，盯着李宣宣的背影看，慢慢地道：「在那空間中，我花了點時間檢查，可是沒有發現，想起自己身處在那麼深的煤層中心，總有一股怯意，因此準備離開，可是又明知必然有人，先我來到這裡，却又在這裡消失！」

小郭說到這裡，車裡的四個男人，視線又集中在李宣宣的身上。

可是李宣宣仍然是眼觀鼻，鼻觀心，一點反應也沒有，像是小郭所說的一切，和她一點關係也沒有！

小郭又道：「就在我猶豫不決的時候，我突然看到……看到……煤層之中，有一隻手，正在慢慢向外擠出來，那隻手雖然極美，可是……可是……」

他說到這裡，搖了搖頭，表示當時的感覺，難以形容。

衞斯理這次，同意了陳長青的意見：「不必加文學修飾了，說事實經過吧！」

小郭深吸了一口氣：「我看到了一個突然超出我知識範圍的現象，一個美女，自煤層之中慢慢地溶了出來，或許是有了王大同所說的話先入之見，我就覺得她是從陰間來的！」

李宣宣就在小郭的面前，小郭却不提她的名字，只說是「一個美人」，當然是由於他心中對李宣宣極之不滿的緣故，陳長青像是在法庭之上的律師一樣，問：「那個美女是不是在車中？」

小郭居然也回答：「是，就坐在我前面，她就是王大同夫人，李宣宣女士！」

陳長青疾聲道：「王夫人，李女士，你有甚麼解釋？」

陳長青的責問，可以說很是咄咄逼人，可是，李宣宣仍然一點反應也沒有，就像是完全沒有聽到，她連眉毛也不揚，眼皮也不抬，甚至，沒有發出任何表示願意回答或不屑回答的聲音。

她根本不理！陳長青張大了口，一時之間，別無他法。

小郭悶哼了一聲：「我和那美女之間，有若干對話，衞斯理和白素都聽到了。她一聽到了王大同的死訊，激動無比，又是悲憤，又像是受了欺騙，一面和我說着話，身子忽然變矮了，我在一怔之間，看到她不是身子變矮，而是她的雙脚，竟已陷進了地下的煤層，已然沒到脚踝，還在繼續下沉，像是她正踏在一個泥沼上！」

陳長青一字一頓：「她要到陰間去！」

小郭提高了聲音：「我也是這樣想，我當然要阻止她，因為太多的疑團，要落在她的身上解決，我就伸雙臂，自她的脅下，環抱住了她……想把她……提起來，自下陷的煤層中提起來……。」

小郭說到這裡的時候，聲音變得很是異樣。

衞斯理當時也曾設想過李宣宣是用甚麼方式消失的，這時才知道她是垂直沉下去的。

小郭停了一會，聲音變得含糊：「我那樣做，自然唐突佳人，可是一時情急，也說不得了，但是看來，沒有用處，她一面喝我離開，一面仍然在向下沉，我猜，她終於把我也帶了下去！」

陳長青現出極之羡慕的神情：「她把你帶到陰間去了？那裡的情形如何？」

小郭苦笑：「我眼前一黑，就喪失了知覺，一直到忽然又看到了你們！」

陳長青尖聲道：「我們是看着你從煤層中出來的！」

小郭搖頭：「我不知道，在這段時間中，我完全沒有知覺，全是那位美女的……妖法在起作用！」

陳長青和小郭一搭一擋，配合得極好，他立時道：「或許是鬼法——祖天開就說，她可能是索命的冤鬼！」

陳長青的話，已說得露骨之至，衞斯理已決定要阻止他再這樣說下去了。

但是衞斯理在出聲之前，再向李宣宣看了一眼，却見她仍然是老樣子，顯然陳長青那種爆炸性的話，也未能給她甚麼刺激。

這使衞斯理改變了主意——他想看看，李宣宣可以忍受刺激到甚麼程度。

陳長青步步進逼，直接對李宣宣進攻：「王夫人，祖天開用他那柄大環金刀，一刀劈開了你的那隻漆器，對半剖開之後，那樣說的！」

李宣宣仍然沒有反應，她的神態，完全有理由叫人相信她根本聽不到任何聲音，雖然車中的其他人都知道她的聽覺絕無問題。

陳長青悶哼了一聲，又道：「那漆器之中，有一個凹痕，是放置許願寶鏡的吧！你嫁入王家，究竟是甚麼目的？」

陳長青的話，簡直不是責問，而是在審問了。

李宣宣仍是一動不動，恍若石像——由於她膚色晶瑩，應該說是玉雕美人。

小郭却大是詫異：「甚麼叫許願寶鏡？」

陳長青大聲道：「你不知道？待我告訴你！」

於是，陳長青用誇張的聲調和手勢，把有關許願寶鏡的事，說了出來。

小郭一聲不出，神情凝重地聽着。

有關許願寶鏡的事，任誰聽了，都會覺得十分驚訝，可是小郭却並不大驚小怪，他在聽了之後，只是問：「這面寶鏡現在在哪裡？」

陳長青道：「王大同知道，或許，王夫人也知道？」

他把後半句話，提高了聲音來說，震得人耳際嗡嗡發響。他顯然故意如此，可是也一樣沒有效，李宣宣依然故我，衛斯理也回頭瞪了陳長青一眼，示意他不必這樣。

衛斯理這時想的是，剛才李宣宣還問起過白素，或許，她願意向白素說出一切秘密。

在衛斯理的冒險生涯中，這種情形，相當罕見，因爲眼前雖然迷霧重重，但只要李宣宣肯開口，甚麼都可以迎刃而解！

可是偏偏李宣宣不肯開口！

所以，一切的努力，都應該集中在如何使李宣宣開口，其他的一切努力，都是白費的！

如何可以令李宣宣改變態度呢？衛斯理一面駕車，一面正在不斷地想，他相信其餘的人也在想，陳長青且不斷地在實行，可是直到現在爲止，一點辦法也沒有！

是的，若是有一個人，下定了決心，不把她心中的秘密說出來，那麼，不論是野蠻的辦法，還是文明的辦法，或科學的辦法，原始的辦法，都不能有效地達到目的。

衞斯理這時，甚至想到了，或許可以借重玄學的方法，例如利用巫術，是不是可以令李宣宣吐出她心中的秘密來呢？

衞斯理不由自主，嘆了一聲，因爲他想到，巫術就算能對人起作用的話，也未必能對李宣宣起作用——李宣宣「人」的身分，也大有可疑，不能確定！

衞斯理這時，把希望寄托在白素的身上——盼望李宣宣在見了白素之後，會傾吐心中的秘密，所以他盡量不出聲，以免引起李宣宣的反感。

陳長青還在繼續發揮：「王大同臨死之前，倒一往情深，他雖然知道有人從陰間來，可是却表示不信，連許願寶鏡告訴他的結果，他也不信，那眞的可以說是世上痴情男子之最了！」

衞斯理一直在留意李宣宣的反應，他看到，李宣宣在聽到了這幾句話時，睫毛抖動了幾下，可知那幾句話，給她相當大的刺激。

衞斯理揚起手來，僞裝在頭上抓了幾下，豎起手指來，作了一個手勢——他和陳長青熟，一看到這個手勢，陳長青就知道，衞斯理是在暗示他：此路可行！

陳長青受到了鼓勵，又道：「不知道王大同在鏡子上看到了甚麼異象？是青面獠牙的惡鬼，披上了美麗的畫皮？連異類都愛得那麼深，王大同眞是難得！」

黃堂和小郭，在一旁幫腔，可是那一番話，却又不起作用，李宣宣沒有反應。

陳長青又東拉西扯，說了一會，忽然道：「王大同能還陽，這說明他的感情沒有下錯注，雖是異類，也有良心。」

陳長青一口咬定李宣宣是「異類」，目的自然是在激怒她，可是收效不大。

他這時那樣說，是根據小郭說了王大同死訊之後李宣宣的行動分析所得的——李宣宣急急再赴陰間，極有可能，就是令得王大同還陽！

陳長青說了這幾句話之後，衞斯理又抓了抓頭，因爲他看到李宣宣的睫毛，又抖動了兩下。

陳長青人也很機靈，他知道，一提到和王大同的感情，李宣宣就會略有反應，所以他接下來道：「可是，任何事，總有一個極限，超過了極限，就忍無可忍了，王大同從鬼門關回來，再世爲人，就只要求見白素，想必是認清異類的眞面目——」

陳長青得意洋洋地說着，可是突然之間，停了下來，衞斯理也在那時，陡然踏下剎車，使急速前駛的車子，一下子就停了下來！

而黃堂和小郭兩人，也不由自主，挺直了身子！

其實，並不是有甚麼非常的變故發生，而是一直紋絲不動的李宣宣，這時忽然半轉過身，向陳長青望來！

她若是怒斥陳長青，或是爲自己辯護，或是隨便怎樣，各人也自有應付之法。可是她却只是用極其哀傷，充滿了懇求的目光，望向陳長青！

那比起在煤礦下，他望向小郭的眼光，還要令人心酸。

陳長青一接觸到了這種眼光，第一個衝動，是要揚手打自己一個耳光——他雖然沒有那麼做，但是也用十分眞誠的聲音道：「對不起，眞對不起！」

本來，所有的人中，對李宣宣心腸最硬的，言語之間最不容情的是陳長青。可是這時，李宣宣一個淒美無限的眼神，就令得他再也沒有了戰鬥力，可知自古以來，美人的力量是何等強大。

這幾個人之中，自然是衞斯理最不會對李宣宣不加追究，他在停了一會之後，繼續開車，這時，李宣宣又回復了一無反應的樣了，陳長青在道歉之後，也不再出聲，衞斯理首先打破沉寂，他道：「王夫人，我們現在到醫院去，你要有心理準備。」

他說到這裡，略停了一停——在正常的情形之下，那是供她發問的時間，可是李宣宣並不出聲，所以衞斯理又道：「王大同可能不願意見你！」

李宣宣仍然不出聲。衞斯理也覺得沒有甚麼好說的了。車子駛進市區之後，衞斯理仍然維持高速，有一個交通警員，騎着摩托車追了上來，一看到車廂之中的黃堂，作了一個鬼臉，一言不發離去。

不一會，車子駛進了醫院的大門，衞斯理一眼就看到，白素正站在醫院的門口，和幾個醫生在說話，像是正在爲甚麼事爭執，那幾個醫生的神情都很激動，還有兩個警官，神色也難看之至。

衞斯理停下車，首先下車，黃堂也在他的座位上，向外擠了出來，那兩個警官一見黃堂，立即行禮，齊聲道：「這位女士放走了警方扣押的……疑犯！」

他們在說「這位女士」之時，伸手指向白素。衞斯理大是奇怪，因爲衞斯理一聽，就知道警官口中的「疑犯」是指王大同——車禍發生之後，他是闖禍者，雖然受傷，但一直接受警方的看管。

白素神情優閒：「我沒有放走任何人，只是他自己堅決採取行動要離去！」

一個醫生插口道：「當時病房中只有你和傷者兩個人，傷者要離去，你爲甚麼不阻止？」

那醫生問得有點聲勢洶洶，而且極不禮貌，衞斯理剛想過要給他一點小教訓，白素已經極其優雅地道：「根據哪一方面給予我的責任，我應該阻止他？」

白素的話，不但把那醫生的話堵了回去，而且也使得警方人員無法再向她發出責問。

確然是，白素只不過是傷者要見的一個人，既不是醫院中人，更和警方扯不上關係，絕對沒有責任要看管住王大同的。

王大同如果要離去，她可以阻止，也全然可以不加阻止，那是她的個人行爲，由她個人決定！

黃堂知道白素的能力，他自然不會像那醫生和警官那樣冒失，他只是叫了一聲：「衛夫人！」

白素向衛斯理走來，向他了一個眼色，和衛斯理一起來到了車前，向李宣宣打了一個招呼。

李宣宣一雙澄澈的美目之中，流露出求助的神情，白素伸手，在車身邊輕拍了幾下，她就在車邊說着經過：「我見到了王大同，他雖然不能稱之為『傷者』，他不但……脫離了『僞死』的現象，而且，傷勢痊癒，至少，再也沒有內傷，只有一些皮外傷了！」

還是那個醫生，走了過來，大聲道：「不可能，科學上證明那不可能。」

衛斯理最不屑這種說法，事情明明已發生了，總有一些自名站穩科學立場的人嚷說「不可能」，嘴臉淺薄得令人生厭，所以衛斯理身子一橫，阻在他的面前，那醫生想來有很久沒有自討苦吃了，竟然粗暴地反推衛斯理，被衛斯理輕輕一帶，向前直仆了出去，跌了一個嘴啃泥——不過啃的是水泥地，看來至少要有一個星期，他的口部運作，無法如意了！

另一個醫生扶了那醫生起來，不敢再走過來。

十一、衞斯理的假設

白素低嘆了一聲：「大家是不是準備就這樣站在車邊，聽我講述和王大同見面的經過？」

白素和還了陽的王大同見面，見了面之後，說了些甚麼，是事情的重要關鍵，當然人人想知。而白素的話，也分明表示「說來話長」，她並沒有隱瞞的打算。所以人人動容。陳長青首先叫：「好，大家到衞府去！」

陳長青這個提議，人人贊同，一時之間，各人的目光又集中在李宣宣的身上。

李宣宣緩緩搖頭：「不，我回家去，我想……大同他一定回家了，我急着去見他。」

她說着，走向白素，在白素的耳邊，又低聲講了一兩句話，白素連一點反應也沒有，像是早已料到李宣宣會對她說甚麼，只是隨隨便便，「嗯」地一聲。

李宣宣這就向外走去，她走得很慢，雖然可以看得出她身心俱疲，但是她的姿態，仍然極其優雅動人。

在場的每一個人，幾乎都不願意她就此離去，也每一個人，都有能力去攔阻她，可是她在臨走之前，曾向各人都望了一眼，那種幽怨的眼神，再一次產生了巨大無比的力量，令每一個人留在原地，不能動彈，望着她的背影。

一直到李宣宣走到了大門口，登上了一輛街車，黃堂才急速地吩咐了那兩個警官幾句，一行人又進了衞斯理的車子，只是白素替代了李宣宣的位置。

車子一駛動，白素就道：「各位，我轉述王大同的話，一個字也不保留，但是我相信，各位聽了之後，一定會十分失望！」

各人呆了一呆，一時之間，連衞斯理在內，都不知道白素這樣說，是甚麼意思。

白素先問：「小郭，你曾被李宣宣帶走過，假設是帶到了陰間。」

小郭還沒有出聲，陳長青搶着道：「是！是！我們親眼看到他和李宣宣一起從煤層中……擠出來的。」

白素再問：「陰間的情形怎樣？」

小郭神情茫然：「不知道，我根本沒有知覺！」

白素吸了一口氣：「王大同的情形也是一樣，他不知道自己死了，也不知道自己如何活回來，他只知道自己出了車禍，昏迷，醒來！」

黃堂的聲音很低沉：「他是怎麼會忽然失常，闖下那樣的大禍的？」

白素道：「可以肯定，他當時神經錯亂，處於瘋狂的狀態！」

黃堂再問：「好好的一個人，爲何會忽然瘋狂？」

白素揚了揚眉：「可不可以給我從頭說？那樣比較有系統一些！」

黃堂不斷在問，已經令得小郭和陳長青兩人，對他怒目而視，所以白素這樣一說，兩人立時鼓掌。

黃堂忙道：「好，好，請說。」

白素道：「王大同一直對李宣宣的來歷，十分介意，所以，他終於動用了家傳之寶——許願神鏡，他用鏡前後的過程，祖天開曾敍述過，王大同通過寶鏡所看到的情景，可怕之極，完全超出他的知識範圍之外，所以他直覺地把那種情景，判斷爲李宣宣是從陰間來的。」

白素說到這裡，略頓了一頓，各人都想問「他見到了甚麼」，但也都沒有問出來。

白素忽然發出了無可奈何的一笑：「王大同把他所見的，說得很是詳細，也應該極其駭人，可是那只是對他人而言，對我們來說，却不算甚麼，因爲我們全部或局部經歷過他所見的情形！」

衞斯理「啊」地一聲：「王大同看到的是李宣宣從陰間來的經過情形！」

其餘各人也都明白了，各自也發出了「啊」地一聲。

白素點了點頭：「所以，王大同的話，最令我感興趣的是，那『寶鏡』，眞的有神奇的不可思議的作用，是眞正的一件寶物！」

大家對白素的判斷沒有異議，白素道：「據王大同說，他滴了血之後，血就化了開來，佈滿了鏡面，變成了極薄的一層，那時，鏡面就現出了奇異的光亮，使他可以看到形象！」

「他看到的，是在一個四周圍全是漆黑，連光亮也像是黑色的空間之中，李宣宣正自那空間的底部，一點一點，冒出來，先是頭，後是身子，一直到整個人，都從地底冒出來，在人出來之後，還從地下拖出了一隻漆黑的箱子！」

「王大同不知道那是甚麼地方——我們知道，因爲我們到過。這種情景，自然恐怖之至，尤其王大同深愛李宣宣，兩人快要結婚，當他看到這種情景時，他所受的刺激，已使他難以承受，所以接下來，他看到的情形，他就不能下正確的判斷，也或許是由於在鏡面上看出來，情形不是很清楚，他說，他看到李宣宣整個人冒出來之後，曾踏着血肉模糊的地面向外走，可怕恐怖，至於極點！」

衞斯理又「啊」地一聲：「礦洞內外，因發瘋而死去的大量蝙蝠。」

各人想起了那厚厚的一層蝙蝠，那種血肉成醬的情形，都忍不住打了一個寒顫。

衞斯理舉了一下手：「這證明，每次出入陰間，都會有一種力量，導致蝙蝠瘋狂致死。所以李宣宣聽陳長青說起洞口的恐怖情形時，震動了一下，那一定是她想起了她自己上次離開時同樣的恐怖情景！」

白素低嘆：「王大同看到的情景是如此可怕，他在驚駭慌亂之中，直覺到李宣宣是從陰間來的。可是他又不願意接受這個事實，他不相信寶鏡顯示的一切，堅決不信，還是和李宣宣結了婚！」

小郭接了一句口：「不也相安無事嗎？」

白素道：「是，一直到他忽然遭到了逼問。」

白素說到關鍵問題了——王大同曾遭逼問，本來，都以爲那是他精神困擾的唯一原因，現在知道，還加上了他在寶鏡上看到的可怕情景所造成的震慄。

說到這裡，已經到了衞府，各人下車，一湧而入，小郭和陳長青像是回到了自己家中，小郭還反客爲主，斟了一杯酒給衞斯理。

各人雖然沒有開口催促，但所有的「身體語言」，都要白素快快說下去。

白素也不負眾望，她現出十分疑惑的神情：「很怪異，向他的逼問，全是通過電話進行的。我們只知道他家裡的電話和他的手提電話，但據他所說，就算他經過公共電話，那電話也會突然響起來，只要他拿起電話來聽，就會聽到相同的逼問！」

黃堂喃喃地道：「可怕之極，這種情形，確然會令人難以忍受，精神崩潰。」

衞斯理問：「逼問的內容是——」

白素道：「逼問的內容，是要王大同說出一樣東西，或是一個人的下落，那東西或人的讀音很古怪，王大同說了，是四個音節的一個詞：『西卜拉達』——」

白素說到這裡，停了一停，等各人的反應，各人聽了，面面相覷，一點概念也沒有。陳長青道：「沒有意義，那是甚麼玩意兒？」

白素道：「不知道，王大同也不知道那是甚麼，他根據發音，查過各種辭典，問過許多人，但是根本沒有人知道那是甚麼。所以他的回答，也只能是『不知道』，因爲他眞的不知道？」

衞斯理皺着眉，不出聲。這時，他心中隱約想到了一些甚麼，但却不能肯定。

白素繼續着：「這種逼問，令他痛苦莫名，他甚至以爲自己是患了最不可藥救的瘋癲症，直到有一次，他說了『不知道』之後，得到了那逼問他的男人的一句話：『你不知道？你一定知道！』王大同說：『我眞的不知道，我甚至不知道那西卜拉達是甚麼鬼玩意！』那男人的聲音陰森，嘿嘿冷笑：『問你的妻子，她知道，嘿嘿，你把西卜拉達稱爲鬼玩意，倒很恰當，那可眞是鬼玩意！』」

白素說到這裡，衞斯理霍然起立，用力揮了一下手，他腦際靈光閃動，已經想到了許多事，那些事，是可以聯結起來的。

白素向他望了一眼，他作了一個手勢，示意白素先說下去。

白素點頭：「王大同就去問李宣宣，甚麼叫西卜拉達。李宣宣聽了之後，大是震動，反問他是哪裡聽來的，王大同把他受逼問的經過說了出來，李宣宣反應又驚又怒，對她丈夫道：『你無法知道甚麼是西卜拉達，我也無法向你解釋，不必理會那些逼問！』」

王大同那時，精神所受的困擾之甚，已經超過了正常人所能負擔的極限，一聽得李宣宣竟然這樣說，他一時之間，竟不知如何反應方好。

李宣宣柔情似水，捉住了他的手，安慰他：「很快就不會有事，我去向他們說，你真是不知道的。」

王大同氣往上衝，眼前金星亂冒，額邊青筋暴綻，他大叫了一聲：「我還有多少不知道的。」

李宣宣伸手，輕揉他的額角，聲音更溫柔：「你知道我愛你，愛你極深，這還不夠嗎？」

李宣宣柔媚的魔力，無可抗拒，用在王大同的身上，自然更加收效，王大同長嘆一聲，無話可說。

從那次之後，有好多次，王大同在遭到電話逼問時，就常夾雜着李宣宣的聲音，替他辯護，說他眞是不知道，王大同也不知李宣宣的聲音自何而來——這樣的情形，在出事之前，診所的護士也曾聽到過。

一直到出事的那天，他在車中，又接到了逼問的電話，他突然感到自己在一股力量的推動之下，進入了瘋狂狀態，所以就闖下了大禍。禍生之後，他就昏迷，一直到又醒了過來，他也不知道自己曾經死亡。他想起白素和李宣宣相熟，他再也不想見李宣宣，就表示要見白素——他無法再把秘密放在心中，不然，他會再度瘋狂，所以他把一切向白素說了出來，然後，他表示要回家，要和祖天開去商議怎麼對付！

白素說到這裡，陳長青陡然叫：「不好，王大同和祖天開商量要對付的是李宣宣，李宣宣回家去，卻不是羊入虎口，送上門去？祖天開曾揚言要把李宣宣當妖精辦，活活燒死！」

他這樣叫嚷的時候，瞪着白素，竟大有怪白素明知如此，也不阻止李宣宣之意。

白素笑：「我想，李宣宣不至於需要護花使者，你放一百二十四個心好了！」

陳長青神情很尷尬，掩飾道：「我只是怕祖天開的那柄大環金刀砍將下來，有時會……一時錯手！」

白素搖頭：「他們之間，必然會起衝突，就讓他們去起衝突好了，那至少可以使我們多了解一些事實。」

衞斯理向白素一揚眉：「在醫院，她臨走的時候，向你說了甚麼？」

白素却不回答衞斯理的話，反問道：「你剛才像是恍然大悟，想到了甚麼？」

衞斯理深深吸了一口氣：「在電話中，向王大同追問的那個男聲，所說的『西卜拉達』，就是那面許願鏡！」

此言一出，人人愕然，一時之間，各人都在想：衞斯理是循甚麼途徑，得出這個結論的？

可是看黃堂、陳長青和小郭的神情，都不得要領。白素雖然蹙着眉，但頗有會意的神情。

衞斯理等了一會，見各人都保持沉默，他道：「以下，全是我的假設：第一，男聲和李宣宣相識，李宣宣從陰間來，可以假設男聲也來自陰間。」

這第一個假設，立時得到了衆人的認同。陳長青還補充了一句：「有很多例子，是亡靈通過了電話和人聯絡的，很多例子！」

衞斯理又道：「第二個假設，是那個『西卜拉達』，是屬於陰間的一樣東西，不知怎麼流傳到了陽間，成了許願寶鏡，輾轉又落到了王老爺的手中，成爲王家的一件傳家之寶！」

各人對這個假設，反應沒有上次那麼熱烈。白素道：「請舉出立論的根據。」

衞斯理舉起手來：「這寶鏡，我仍沒有見過，但可以肯定，一定是外形類似古代銅鏡的一件物體，這物體能接受人的腦電波活動能量，有根據人的腦電波，而使人看到想看的景象——」

衞斯理的話，聽來很複雜，好在各人都有很強的領悟能力，所以大家都明白。

衞斯理又道：「所以，這東西，應該是一個精密之極的儀器，不屬於人間所有。」

白素道：「那也不一定屬於陰間！」

衞斯理胸有成竹地笑：「屬於陰間，因爲，從陰間來的李宣宣，有它的容器，那有七層內殼的神秘漆器，就是它的容器——祖天開一看就知道！」

這個論點是站得住脚的，所以各人都點頭。

衞斯理吸了一口氣：「第三個假設，李宣宣之所以會從陰間來到陽世，負有任務，她的任務，就是要找回『西卜拉達』。」

大家又沉默，白素揚眉，衞斯理忙道：「別要求我舉出論點來，那是純假設。」

白素道：「好，請你繼續假設。」

衞斯理用力一揮手：「李宣宣不知道王家有家傳之寶，不知道許願寶鏡在王家，她下嫁王大同，純粹是，百份之百是眞心相愛，王家擁有許願寶鏡，那是一個高度的巧合——祖天開千叮萬囑，王大同向李宣宣嚴守秘密，所以李宣宣不知道自己要找的東西，遠在天邊，近在眼前。」

衞斯理的假設，可以說天馬行空，但是倒也動聽。陳長青就道：「戲劇化之至！」

衞斯理向陳長青拱了拱手：「何以東西一直在王家，一直沒有人逼問王大同，忽然就有了來自陰間的男聲，向王大同逼問了呢？這一點，根本不必假設，可以斷定，是由於王大同使用了這具儀器，這具儀器在被使用的過程之中，有訊號發出來，和這訊號，自然和使用者王大同的腦電波發生關連，所以，陰間的男聲，就循訊號，找到了王大同，向王大同逼問那儀器的下落！」

衞斯理一口氣說下來，贏得了一陣掌聲。

衞斯理喝了一口酒：「可是，直到那時，李宣宣仍然不相信王大同有那東西，所以不斷為王大同辯護，說他真的不知道！」

小郭一面搖頭，一面道：「那太怪了，她沒有理由不相信從陰間來的分析，固執地認為王大同真的不知道！甚至連問也不問一下？」

這個問題，衞斯理一時之間，也答不上來，白素卻舉了舉手：「由於他對王大同真摯的愛情，她相信王大同，相信他不會有事瞞着她，那是毫無保留，毫無懷疑的一種信任，根本不必問！」

白素用十分感性的語調，說出了這番話來，各人都很是感動。

大家沉默了好一會，白素指着衞斯理：「好像如果有甚麼人告訴我，他有一樣東西藏着，是我不知道的，我也絕不會相信！」

小郭哼了一聲：「可是她自己的來歷如何卻不肯說！」

白素道：「擺明了有一件秘密不肯說，也是坦蕩蕩的行爲——李宣宣很可憐，她以爲王大同一直不介意，誰知道王大同非但介意，而且還向她隱瞞了擁有許願鏡，會使用過許願鏡！王大同對李宣宣，並不是百份之百的忠誠，而是大有隱瞞！」

黃堂爲王大同說了一句話：「人……總有點秘密的，李宣宣也太神秘了些！」

衞斯理也同意：「王大同所能做到的，已經是最好的了——現在，李宣宣已經知道，她從陰間來，要找的東西，是在王大同處，那麼，她去見王大同，一定是直接向他要那東西了！」

白素點頭：「我想是，所以我剛才斷定，他們必然會起衝突！」

白素說到這裡，望向衞斯理，衞斯理攤開手：「我能作的假設，到此爲止。只有一個人能證實這些假設，和作更多的補充，這個人就是李宣宣！」

黃堂、陳長青和小郭齊聲叫道：「還等甚麼，這就去找她！」

白素作了一個請安靜的手勢，停了一會，等各人的情緒平復了，她才道：「問題就在這裡，李宣宣剛才在醫院臨走的時候，對我說，事情發展到了這一田地，秘密已經不再是秘密了，但是還有一個很關鍵的問題，所以她不想有太多人參加，若是她再見到大隊人馬，她說，她隨時可以回到陰間去，再也不出現！」

黃堂、陳長青和小郭三人都不出聲——他們都聽明白了白素的話，但用沉默來表示抗議。

白素又道：「大家都想知道真相，事實上，由李宣宣處直接知道真相，和由我和衛斯理轉告，結果是一樣的！」

郭、陳、黃三人互望，陳長青自嘲：「哼，誰叫人家是主角，我是配角呢？」

黃堂還想借用他高級警官的身分，道：「警方——」

他才說了兩個字，就給白素打斷了話頭：「警方自然有權調查，我們也有權把自己所知，當成永遠的秘密！」

白素的話，再強硬不過——你自己去查，查不出甚麼來，再也別想在我這裡，得知眞相！

黃堂的神色十分難看，好一會才緩過氣來。

十二、徹底的絶望

白素沉聲道：「那是李宣宣的意思。」

小郭道：「所謂關鍵性的問題是甚麼？」

白素揚眉：「不知道，我也認爲，你再努力，也同樣不知道！」

白素平日，十分客氣溫柔，像這次那樣，話中不留餘地的情形，堪稱罕見。

事後，衞斯理想起了這一點，白素道：「我故意如此，他們三人之中，只有黃堂，還可以說是職責所在，小郭和陳長青，只是在瞎湊熱鬧！」

她在這樣說的時候，還兀自有厭惡的神情，衞斯理笑：「陳長青好奇心強，那是他的天性，最怪的是小郭，竟怎麼也不肯說出他的委托人是誰，認識他那麼多年，從未有過這種事！」

（當時，衞斯理這樣說，只是心中略有不快，並沒有想到別的甚麼，自然也沒有料到這裡頭大有文章，古怪離奇得緊！）

當下，小郭、陳長青和黃堂三人，雖然極不願意，但也無可奈何——同樣的情形，這已是第二次出現了日常言道江山易改，本性難移，陳長青仍然和上次一樣，採取「賴皮」的方法，而且，鼓動小郭，也和他一樣，留在衞斯理家中。他道：「油頭粉臉，你乾脆也留下別走，一面喝酒，一面閒談，他們一回來，我們就可以知道結果如何，豈不是好！」

小郭也居然十分認真地考慮了片刻，才道：「不行，我得先去辦一些事，然後再來等消息！」

黄堂皺着眉，在思索是去是留，白素輕碰了衞斯理一下：「我們該走了！」

他們出了門，看到老蔡正在沖洗車子，已把車子洗得很乾淨——衞斯理的奇怪行爲，他見得多了，所以也沒有問車上，尤其是車輪部分，那麼多血、肉碎和黑毛，是怎麼來的。

上了車，直駛王家大宅，衞斯理始終有些擔心，李宣宣的安全，白素看出他的心思，取笑他：「你放心，美人的魔力大，沒有男性擋得住！」

衞斯理立時反駁：「錯了，世界上至少有兩個男性可以和她對抗，一個是我——因爲有稱心滿意美麗無匹的妻子，一個是祖天開，因爲他太老了！」

白素笑靨如花，不由自主，輕靠在衞斯理的肩頭上，她雖然沒有說甚麼，但誰都可以看得出，她對自己的丈夫，同樣心滿意足。

白素道：「還是可以放心，李宣宣除了美麗之外，還有別的能力可以保護她自己。」

衞斯理吸了一口氣：「她從陰間來，可是你又說她是人，不是鬼！」

白素略現出疑惑的神情：「現在我也不敢太肯定了……但她不是鬼，還是可以肯定的！」

衞斯理駭然：「不是鬼，那就是人了，還會是甚麼？」

白素的回答很妙：「就是不知道她會是甚麼！」

車子在王家大宅門口停下，只見宅中所有的僕人，都在鐵門之後，神色慌張，東張西望，一看到了衞斯理和白素，急急推開門，一起圍了上來，七嘴八舌，可是說的都是同一句話：「都在等你們！」

衞斯理驅車直入，等他們下了車，只覺得寂靜無比，在靜寂之中，有一陣一陣，清脆的金屬撞擊聲，自大廳中傳了出來。兩人一時之間，猜不透那是甚麼聲音，及至踏進大廳，方始恍然，原來那是祖天開手中的金環大刀所發出來的！

祖天開擺定了馬步，揚着大環金刀，雖然他年逾九十，但身形一板高大，一刀在手，更是威風凜凜，刀揚在半空，隨時可以砍下去。

他擺出這樣的姿勢來，不知多久了，居然仍不走樣。他不時振動手腕，使刀上的金環，發出「嗆啷啷」的聲響，雙眼圓睜，盯着在他面前，坐在沙發上的李宣宣，刀鋒離李宣宣很近，刀上的寒光，甚至可以映在李宣宣的俏臉之上。

可是李宣宣却全然把祖天開當作不存在，只是悠悠閒閒地喝着茶。一個劍拔弩張，充滿了動感，一個却靜如止水，靜態無限，形成了一個對比強烈之極的畫面，顯得奇特無比。

而王大同，則在另一邊，距離三公尺處的另一張沙發上，他整個人都縮在沙發上，神情驚恐，哪裡像是舉世聞名的大國手，簡直就是一頭迷途的小羔羊！

衞白二人一進來，祖天開手中的大刀振得更緊，在一連串密如聯珠的「嗆啷」聲中，李宣宣首先開口，聲如銀鈴，動聽之至。她道：「兩位來得正好，開叔把我當作索命的冤鬼，要把我砍成兩半哩！」

白素接得極快，也笑着：「開叔逗你玩的，就算他當年曾做過虧心事，一直怕冤鬼來索命，也不該把賬算在你的身上！」

白素一開口，居然這樣說，連衞斯理也大感意外！

但是一轉念之間，衞斯理也就明白了！

衞斯理也曾想到過開叔和王老爺兩人，當年得到那許願鏡時，用的手段可能十分不正當，其中多半還涉及人命。現在，白素只是肯定了這一點而已。

白素的話，已令得祖天開大是震動，接着，李宣宣的話，在他聽來，更是如同催命奪魄一樣：「那麼多年前的事了！當年下手又狠，斬草除根，也難怪一直內愧於心，疑神疑鬼！」

開叔大叫一聲，面如死灰，一個踉蹌，倒退了一步，手中的大刀，也落到了地上，身子抖得篩糠一樣，指着李宣宣，慘叫：「你……不是人！」

李宣宣怡然：「你說對了，我不是人，所以你不必怕，我不會有人的惡行！」

祖天開又大叫一聲，身子一挫，坐倒在地，雙手抱住了頭，全身發抖，竟然號啕大哭起來。

從他這種情形看來，他當年所做的事，眞是虧心之極！奇怪的是，李宣宣何以會知道？

但是一轉念間，衞斯理已明究竟——李宣宣從陰間來，在陽世，做昧心的事，可以掩飾得住，一到了陰間，所作所爲，還能隱瞞嗎？只怕是祖天開的同謀王老爺，早在陰間把一切全供出來了！

祖天開剛才手執金刀，神威非凡，此際猶如一堆爛泥，李宣宣轉向王大同，幽幽地唉了一聲，神情極其落寞，聲音之中，也大是哀傷，她道：「原來『西卜拉達』眞是在你那裡，唉！我眞是失望，你竟然……竟然……」

她想數說王大同的不是，可是由於太失望了，以致難以找得出適當的詞句來。

王大同聲音嘶啞，叫了起來：「我不知道，我不知道甚麼是『西卜拉達』，我不知道。」

衞斯理踏前兩步：「那就是你王家的傳家之寶，許願鏡！你把它弄到哪裡去了？」

本來，李宣宣控制了一切，像是她要怎樣就怎樣。這時，衞斯理陡然說了那麼一句話，李宣宣不禁大是驚訝，呆了一呆，才由衷地道：「衞先生，你眞了不起！」

衞斯理一揚眉：「也沒有甚麼，略作推理，就可以知道了！」

李宣宣微微一笑，向王大同道：「大同，拿出來吧，那東西不屬於你的，你根本不知道那是甚麼！」

李宣宣說到這裡的時候，向衞斯理望來，秀眉微揚，神情挑戰。

李宣宣分明是在問衞斯理：「你知道那是甚麼嗎？」

衞斯理剛想作一個假設，白素已然道：「那東西，照我看，是一具儀器，有了它，可以很方便從陰間來，到陰間去，而不必那麼艱難從地底深處冒出來！」

剛才衞斯理的話，已令得李宣宣大是驚愕，這時，她更是不由自主，霍然起立，失聲道：「素姐，你眞了不起，更了不起！」

白素竟然一字不易，用了衞斯理的話：「也沒有甚麼，略作推理，就可以知道了！」

衞斯理大樂，縱聲哈哈大笑。

李宣宣望了衞白兩人半晌，神情欣羨：「你們眞幸福，不像我……一心一意愛丈夫，丈夫却一直不信任我，懷疑我！」

王大同爲自己辯護：「你……你不是人。」

李宣宣嘆了一聲，問衞白二人道：「原來像『白蛇傳』中許仙那樣的男人，眞是有的，妻子爲他上仙山盜靈芝，救他的命，受盡苦楚，眞心眞意地愛他，他竟然還嫌妻子不是人！」

白素毫無異議，站在李宣宣的一面，立時道：「甚麼樣的人都有！」

衞斯理則略有保留，他盯着李宣宣，想問她「究竟你是甚麼」，但一想，這句話如果一問出口，一定被她把自己歸入如王大同那樣的男人一類，變成自取其辱了，所以就沒有出聲。

李宣宣又向王大同道：「把它還給我，你應該知道那是屬於陰間的東西——那漆器是它的容器，你看到過了，還有甚麼懷疑？」

祖天開在這時，啞着聲叫了起來：「還給她，大同，還給她！」

王大同顫聲道：「我帶到醫務所去了……它在醫務所！」

衞斯理一聽，就鬆了一口氣——要是王大同把寶鏡藏在巨宅中，而他竟然搜尋不出，那自然是一種失敗。那寶鏡根本不在宅中，他自然找不到了！

李宣宣道：「打電話，請護士立刻送來！」

王大同手發着抖，拿起了電話，要分好幾次說，才能使護士明白他的意思。

李宣宣吸了一口氣，又轉向衞白二人：「那些人沒有跟來，很好，要帶你們兩人到陰間去，比較容易，他們要是跟了來，必然也想跟到陰間去，那可是天大的麻煩，我也做不到！」

公然要把人帶到陰間去，聽來不免駭人，但是衞白二人，却大是高興，也明白了李宣宣所說的「關鍵性問題」是甚麼——她只能帶兩個人到陰間去！

自然，她可以分幾次帶多些人到陰間去，但她顯然在這一次到陰間去之後，再也不打算離開了！

李宣宣向王大同望去，王大同的身子，竟自然而然，縮了一下。那種自然感到恐懼的「身體語言」，等於是在說：「不，我不要到陰間去！」

剎那之間，衞斯理也不禁對王大同起了難以形容的反感，而兩人都留意到，在那一剎間，李宣宣的神情變化之大，難以形容。

兩人到了之後，李宣宣雖然一直控制着大局，令祖天開屈服，也成功地令王大同願意交出許願鏡。可是她的神情，並不快樂，而是輕嘆微蹙，眼神幽怨，笑容苦澀。這一切，都顯示她的心中，愛恨糾纏，難分難捨，可是愁腸百轉，心有千結，不知如何才好，徬徨無比。

而在那一剎間，在她的俏臉之上，所起的變化之多，之快，雖是旁觀者，也令衞白二人怵目驚心！

只見她又是悲痛，又是憤怒，又是嘆息，又是鄙視，又是委屈，又是可惜，又是難過……豈止是打翻了甜酸苦辣的五味架，簡直是打翻了百味架，無法估計她有多少滋味在心頭。

然後，那只是一剎那間的事，轉眼之間，她在略吁了一口氣之後，就變得十分平靜，像是甚麼事情也沒有發生過，只是一動不動地坐着。

衞白二人後來交換當時的感覺，都說，看到了李宣宣現出了那麼平靜的神情，心頭都是一陣刺痛——因爲兩人都看出，李宣宣的那種平靜，是徹底絕望之後的平靜，是心如槁木死灰，再也不寄以任何希望的一種平靜！

那自然也是一種平靜，可是導致這種平靜降臨的代價却可怕無比，過程也痛苦無比！人中若是充滿了無慾無求的喜樂，自然會有這樣的平靜。可是心若是已經碎成千百片，竟也能現出這種平靜的神態來的！

李宣宣的心中，本來可能還存有萬一的希望，王大同會說一句「我跟你到陰間去」——相信王大同如果這樣說了，以後的事情，必然會有變化。

可是王大同非但不說，而且如此明顯地表示了害怕，極度的害怕！

於是，李宣宣也完全明白，兩人之間，再無任何情意可言了！

一時之間，人人都不出聲，祖天開仍然雙手抱着頭，身子在發抖，不住慘叫一聲：「給她！給她！」

王大同連看也不敢看李宣宣，在沙發上縮成一團。衞白二人在這樣的情形下，也不知說甚麼才好。反倒是李宣宣先打破沉默，她笑了一下，聲音也同樣平靜：「好笑吧，同牀共枕那麼久……世上還有甚麼關係比夫妻更親密的？竟然也會視同陌路……當日的山盟海誓，却明明是口中說出來的啊！」

別以爲李宣宣在這樣說的時候，語調會傷感——一點也不，她完全不傷感，像是在說一件和她完全不相干的事，那自然也是她已徹底絕望的結果。

王大同低着頭，看來他沒有爲自己辯護的打算。衞斯理和白素同時開口，兩人說的話也一樣：「你對愛情的憧憬，太理想了！」

李宣宣道：「難道不是這樣？」

衞白二人同時緩緩搖頭，他們又緊握着手，慶幸他們自己，有理想的愛情生活。

李宣宣又不再出聲，一動不動。這一次，打破沉寂的，是喘着氣，奔進來的護士，手中拿着一隻紙袋，她進來之後，也感到了大廳中的氣氛十分奇特，她呆了一呆，不知如何才好，李宣宣已道：「給我！」

護士把紙袋交到了李宣宣的手上，李宣宣接了過來之後，道：「你回去吧，整理一下，王醫生很快就可以恢復應診了！」

護士答應着，又走了出去。李宣宣伸手，自紙袋之中，取出了一樣東西來。

那東西，看起來，眞像是一面古代的銅鏡，一面極其平滑，隱隱生出一種青森森的光芒，背面凸起，像是一個龜殼，遍體是一種深沉的青灰色，也看不出是何種金屬所鑄造的。

李宣宣把那東西在手中掂了掂，卻順手遞給了在身邊的白素，道：「你能料得到西卜拉達的主要用途之一，真了不起，你看看這東西！」

白素接了過來，衞斯理也忙湊過去看，上手並不沉重，光滑的一面，倒還不怎樣，背後微凸如龜殼的那一面，卻奇特之極，原來可以一層層掀開來，每一層都是極薄的金屬片，上面有許多古怪的符號和小孔，有時很疏，有時很密，一共有三十多層。

衞斯理對這種無以名之的東西，見過很多，他知道，那是精密之極，功能匪夷所思，結構複雜之極的一種儀器！

白素看了一會，交還給李宣宣，李宣宣道：「這是陰間一件很重要的儀器，別看它體積不大，可是功能之多，一時之間，絕說不明白，真可笑，它在陽世那麼多年，也卻只知道它的一項最微末的功用——是當年盜了它逃離陰間的人不懂它有大功能，還是傳下來之後沒有人懂，所以失傳了！」

她最後兩個問題，像是自己在問自己，當然沒有人回答得出。

衞斯理疾聲問：「這……西卜拉達，是由誰製造的？」

李宣宣回答得極快：「陰間的締造者。」

衞斯理心中疑惑之至：「那是……閻王？地藏王？冥王？還是魔鬼？」

李宣宣側頭想了一想：「可以那麼說，也不應該那麼說——不論是甚麼稱呼都一樣，都只是代表一種力量，由這種力量，主宰陰間！」

衞白二人完全可以接受這個說法，確然，用甚麼稱呼，全一樣，閻王也好，冥王也好，都一樣，總之，那是主宰陰間的力量。

白素反問了一句：「你們稱這種力量為甚麼？」

李宣宣像是第一次聽到這個問題，側着頭，想了一會，才道：「可以稱為陰間之主——陰間由他締造，由他而生，照他的意志，憑他的力量行事！」

衞斯理心頭狂跳：「等一會你帶我們到陰間去，可以見到這……陰間之主？」

這本來是很簡單的一個問題，可是李宣宣居然像是很難回答，沉吟不語。

這時，王大同的忍受，已到了極限，他陡然跳了起來，聲音嘶啞，雙臂揮舞，大聲叫着：「走，走，到陰間去！到陰間去，別再留在這裡，去，去，到陰間去！」

李宣宣看也不看他，向祖天開道：「開叔，請把那叫你剖開的箱子拿下來給我，我會有幾句美言相贈！」

王大同呼叫了一輪之後，又倒坐在沙發上，不住地喘着氣。

祖天開神情古怪，走了開去，不一會，就提着被剖開的神秘漆器，走了下來。

李宣宣把手中的「西卜拉達」向那凹痕一放，天衣無縫，她向祖天開望去，祖天開垂下了頭，無話可說。

李宣宣一字一頓：「開叔，事情過去了很多年，可是不論甚麼事，有因必有果，有業必有報，明白這個道理，坦然受之，也就是了，何必常年戚戚在懷？」

十三、陰間奇景

祖天開陡然震動，呆若木鷄有半晌，才道：「多謝你提醒，實在不必放在心上！」

他在這樣說的時候，看得出他是大大地鬆了一口氣，但也同時一下子老了許多，整個人都鬆垮了下來。

他緩緩走開去，在一角蹲了下來。

李宣宣向衞白兩人道：「我們走吧！」

她說來輕鬆隨便，一如邀請兩人到花園去散步一般。

李宣宣確然把兩人帶到了花園的草地上，她和白素並肩在前，衞斯理在她們的後面。

陽光明媚——在這種的情形下，他們竟然要出發到陰間去，那更是不可思議。

白素先開口：「我相信，我們現在要去的陰間，和傳統對陰間的理解，大不相同！」

李宣宣略側着臉，白素望着她，在陽光下看來，兩個人各有各的美麗，看得人眩目，賞心悅目之極。

李宣宣的回答是：「細節上當然大不相同，但是原則却一樣！」

衞斯理和白素大奇，都停了下來，等候她作進一步的解釋。李宣宣道：「都是一個空間，有許多許多靈魂，在那個空間之中——傳統說法的陰間，就是那樣的！」

衞斯理進一步問：「這樣一個靈魂聚居的空間，是由一種力量……創造設立……並且主宰的？」

李宣宣答得很肯定：「是——可是別再問我那是甚麼力量，是甚麼人在主宰，因爲我也不知道。我只是在許多年之前，忽然聽到了聲音，吩咐我應該怎麼做怎麼做，我這才到陰間去的。我聽到的聲音，是一個男人的聲音，就是王大同被問『西卜拉達』在何處的那聲音。可以說那是冥主的聲音，也可以當作那是使者的聲音，這聲音有使人服從的力量。」

她說到這裡，頓了一頓，又說了一番衞白二人再也料不到的話：「由於失去了

『西卜拉達』，難以用方便的辦法來往陰陽間，所以，陰間主宰又運用了力量，指使……或是影響了一些人，使他們在適當的地方向下掘，掘得極深，掘出一個……唯一的能來去陰間的通道。」

衞白二人面面相覷——他們曾進過那礦洞，下過礦井，三七二公尺深，可是，隨便他們怎麼設想，也難以想像這個煤礦，竟是陰間主宰運用了力量而形成的！

這陰間主宰對人的行爲有那麼大的影響力，想起來不免令人遍體生寒，這種影響力實際上可以主使人類行爲，可以驅使人去做任何事。

李宣宣看到了兩人駭然的神情，笑了起來：「我知道你們在想甚麼——你們所想的事，不會發生。嗯……有了這個通道之後，雖然可以來回，但不是很方便，而且，進出時，要陰間主宰發出力量，這種力量，不知爲甚麼會造成大量蝙蝠的死亡，可怕之極！」

李宣宣說到這裡，神情也不免駭然。

連李宣宣也不明白的事，衞斯理倒可以作出假設——當陰間主宰在發出力量，把人自陰間送出來，或帶回陰間去時，那種力量，對感覺敏銳的蝙蝠，必然造成毀滅性的破壞，那有可能是一種高頻音波，也有可能是其他的力量，使蝙蝠的行爲失常！

循這個線索去作假設，陰間主宰的力量，當然應該屬於宇宙中的神秘力量，不是現階段地球人的知識所能理解的事！

李宣宣俯身，在草地上摘下一朵紫色的小花，在手中轉着，她又道：「我被召到陰間之後，才知道我本身很有些特別之處，這才會蒙召的——別問我有甚麼特別之處，我不會說！」

衞斯理剛想問，李宣宣已向他望來，俏臉和眼神，充滿請求對方不要追問的神情——美女的力量。衞斯理會以爲自己可以抗拒這種力量的，但這時，事實證明他也不能，他張大了口，却把要問的話，吞了回去。

後來，白素取笑他，衞斯理的解釋是：「她既然自稱特別，當然有特別之處，我相信她不是地球人，和陰間主宰一樣，都不是地球人，他們都有力量影響地球人的腦部活動！」

衞斯理雖然是自辯，但是分析得也很有理。

李宣宣繼續慢慢向前走：「到了陰間之後，情形很特別，我有任務，有工作……等一會你們到陰間，可以看到我的工作，很是繁重。然後，忽然又接到了陰間主宰的指示，命我到人間來，尋找『西卜拉達』，我就帶着它的容器到人間來了！」

聽李宣宣娓娓說她的事，連有許多怪異經歷的衞白二人，也有如夢似幻的感覺。

衞斯理這時，問了一句：「那漆器……一點縫也沒有，如何能放東西進去？」

李宣宣笑：「礦坑下也沒有門，我和那位郭先生，也能自由出入，亦是陰間主宰的力量。」

衞斯理悶哼了一聲，李宣宣竟差沒有直接說出「你們地球人做不到」這句話了。

李宣宣垂下了頭，長髮披瀉，很是好看，她苦澀地道：「我倒眞是愛上了……他，和他結爲夫妻，從未想到事情會那麼巧，他爲了要知道我的來歷，動用了『西卜拉達』，一用，陰間主宰就知道了，我還不相信，寧願相信自己愛的這個男人！」

李宣宣這時所說的，正和衞斯理所作的假設，完全相同，所以衞斯理不免大是興奮，手舞足蹈。

李宣宣用奇怪的神情望着衞斯理，白素知道衞斯理爲甚麼高興，就道：「看你，像小孩子！」

他們兩人打情罵俏，李宣宣忽然嘆了一聲，低頭不語。白素忙道：「那個『西卜拉達』是怎麼會被人從陰間盜走的？」

李宣宣皺着眉：「我也不是很淸楚，可能是給我的上一任盜走的——也是一個有點特別的人，被召到陰間去的。『西卜拉達』的功能極多，神妙無比，在人間自然成了寶物，爲了爭奪這寶物，不知曾掀起過多少腥風血雨，人類行爲，眞是可怕。」

當時，衞白二人聽了，都沒有說麼麼，不久之後，他們之間討論，衞斯理向白素道：「你注意到沒有？李宣宣雖然不明說，但是那語氣，顯然表示她自己不是地球人！」

白素點頭：「不但是她，連她的上一任，只怕也不是地球人，有許多不同的外星人參與其間。」

兩人都同意了這一點。

李宣宣所說的，這寶物在人間曾引起腥風血雨的爭奪，自然也可以肯定。至少，祖天開和王老爺，當年就不知道用了甚麼手段，從甚麼人的手中，把這寶物爭奪到手的！

李宣宣望向兩人：「我可以說的，都說了，再沒有問題了吧！」

衛斯理和白素，各自想了一分鐘左右，各自嘆了一聲。他們自然還有問題，但那都是問了李宣宣也不會回答的，反正李宣宣已給了許多線索，可以經過推理，得到結果。

所以，兩人一開口，竟是異口同聲問：「我們甚麼時候啟程，到陰間去？」

李宣宣笑：「隨時——兩位要注意，一啟程，對你們來說，只是黑暗，連我也見不到，不過可以聽到我的聲音，回程也是一樣。」

衛斯理大是抗議：「這……不是帶我們參觀陰間嗎？」

李宣宣笑靨如花：「會給你們看你們可以看的東西。那比郭先生好多了，他是在昏迷的情形下進出陰間的，甚麼也沒有看到！」

衞斯理仍然發出喝倒彩的聲音。李宣宣自顧自吩咐：「等一會，有一道強光，你們跨進光中就是！」

衞白二人盯着她，只見她取出了「西卜拉達」來，掀開了幾層，把「鏡面」對着陽光。兩人眼前，陡然閃起了一片強光。

兩人手拉着手，迎着那片強光，跨出了兩步，陡然之間，眼前又是一片漆黑。強光和漆黑的變化如此突然，兩人的眼睛，不免有點刺痛，自然而然，閉上了眼睛一回，才又睜開眼來，出現在他們眼前的景象，簡直奇特之極！

他們看到的景象，是他們以前從來也未曾見過的，所以難以有現成的形容。

他們看到，在他們面前，像是有一本極大的，打開呈扇形的「書」，至少有十公尺高，有許多頁。

每一頁都是黑色的——那是一種十分深沉的黑色，而在黑色之上，全是密密麻麻的小亮點，每一頁上，至少有上千萬點！

那些亮點的明暗程度不同，若是只看其中的一頁，倒有點像晴空之夜看天上的星，可是要密集得多！

他們正在不知道那是甚麼奇景，已聽得李宣宣的聲音響起：「你們看到的，就是陰間，每一個亮點，就是一個靈魂，它們聚在這裡，在適當的時候，在適當的時機，陰間的主宰就會施展力量，使靈魂再到陽世去，再進入人的身體之中。」

衞斯理想向白素望去，但是他發現他看不見白素，連他自己的手，他也看不到，他只知道白素在身邊，因爲他還緊握着她的手。

這時，他感到那些亮點，就像是一座大型電腦中的組成部分。他又看到，有更多的「空頁」，上面並無亮點，還可以容納不知道多少靈魂！

白素沉聲：「我們只能見到這些？」

李宣宣道：「那還不夠嗎？陰間的秘奧，你們可以說已經得到了，和傳統的說法，原則一樣，只是具體情形不同。這些鬼魂生前的思想，在陰間，都化爲記錄，由陰間主宰控制，沒有人瞞得過去，當然，要眞正了解具體情形，只有死亡之後，鬼魂成了一個亮點，才能體會，兩位暫時還不想那樣吧！」

衞斯理和白素異口同聲：「不想，暫時還不想！」

當然不想，李宣宣的提議，等於是要他們用死亡作代價，去體驗鬼魂在陰間的具體情形！

衞斯理吸了一口氣：「你是怎麼令王大同活回來的？」

李宣宣道：「我以爲你知道靈魂和肉體的關係，就是那麼簡單。」

衞斯理悶哼：「要眞是那麼簡單，人間就沒有死亡這回事了！」

李宣宣嘆了一聲：「當然，要陰間主宰運用他的力量，他不輕易運用這種力量，他說這種情形破壞自然規律，不是好現象。這次，是我苦苦哀求，並且由我作出了若干承諾，陰主才答應了的。他一答應，我就離開，誰知一出來遇上了郭先生，他說大同已死，這才又急於回去向陰主理論，郭先生又抱住了我不放，所以也只好連他也一併帶了進去。」

白素道：「你後悔救了王大同？」

李宣宣道：「沒有後悔，我只是想不到他會這樣對我，把我當成了……異類。」

衞斯理疾聲道：「你不正是異類嗎？」

李宣宣的聲音低沉：「我的一切，與人無異！」

她沒有正面回答衞斯理的這個問題，可是也不算太隱晦，她已承認，她雖然一切與人無異，但不是人。

後來各人討論李宣宣究竟是甚麼，白素仍然堅持：「她是人！」衞斯理的意見比較委婉：「她是一個一切和地球人一樣的外星人！」

當時，李宣宣下了逐客令：「你們不必久留了吧！靈魂在陰間的一切情形，你們無法體會的。」

衞斯理吸了一口氣：「我想，『西卜拉達』有轉移空間的作用——」

李宣宣立即道：「是，你們要在哪裡出現都可以！」

衞斯理長嘆一聲：「當然是回家去！」

他這句話一出口，就覺得白素在他的臉頰上，親了一下，那表示白素的想法和他一樣。

李宣宣道：「素姐，不知何年何月，再能相會了！」

白素十分豁達：「我總有靈魂到陰間來的時候，到時不就可以相會了？」

李宣宣咕噥了一句甚麼，兩人都沒有聽清楚，陡然之間，一股強光閃動，把他們全身罩住，使得他們在刹那間，同樣甚麼也看不到。

而等到兩人的視力恢復正常時，是手拉着手，一起站在書房之中，耳際聽得陳長青在大聲叫嚷：「糟！會不會叫帶到陰間去，回不來了！」

衞斯理打開了書房門，向下大喝一聲：「背後莫說人壞話！」

陳長青正在樓梯口上，抬頭向上望來，「哈」地一聲：「眞有意思，放着大門不用，老爬窗口！」

衞斯理和白素一起走下樓梯，看到小郭和黃堂也在。他道：「不是爬窗口，是直接由陰間轉移來的！」

三個人一起圍了上來，衞斯理是從小郭手中接過酒來，大大喝了一口，一秒鐘也不耽擱，就敍述一切經過。

等到衞斯理說完，三人都有不相信的神情：「陰間就是那樣？」

衞斯理也嘆了一聲：「我是人，到陰間去，只能有這樣的體會，要是我死了，靈魂到了陰間，可能大不相同！」

衞斯理這時這樣說，只是一時感慨，但不多久之後，他聽到了王大同的一番話，是錄音。

王大同用十分激動的聲音說着：「我到陰間去過，我死而復活，陰間眞大，大到無邊無際，奇特透頂，你所能想像的，甚麼都有，十八層地獄，判官閻王，都有，人死了之後，鬼魂到了陰間，你活着的時候，做過甚麼事，一件件都記着，比電腦記賬還清楚，你不信？哼哼，哈哈，到你去過，你就信了。」

錄音帶是精神病院一位醫生提供，請衞斯理表示意見的——王大同被法庭判爲神經不正常，要長期入精神病院，他在精神病院，一有機會，就用類似的話，向人介紹陰間的情形。

他確然曾死亡，是靈魂進入陰間的，在陰間的所見所聞，自然和衞白二人大不相同。

衞斯理聽了之後，嘆了一聲：「我沒有意見。」

後來，衞斯理也把這情形，通知了黃堂，陳長青和小郭三人，陳長青興致勃勃，帶了錄音機，去聽王大同說陰間的情形，但幾次之後，王大同說的，也脫不出傳統說法的範圍，反倒不如衞斯理所見的景象那麼奇詭，可以作種種設想，所以他也不去了。

至於王家大宅，衞斯理後來，又去過幾次，都是被老蔡硬拉了去的。大宅變得很冷清，大堂變成了一個佛堂，祖天開每日唸佛敲木魚，看來像是在懺悔甚麼。衞斯理想問他當年如何得到「寶鏡」，見了這等情形，自然也問不出口了。

整件事都告一段落了，白素很懷念李宣宣，不時發問也似自言自語：她在陰間，怎麼生活呢？

李宣宣不現身，這問題自然也無人能回答了！

（完）

勤十緣出版社書目

衞斯理科幻系列

1 電王 (四版)
2 黃金故事 (三版)
3 從陰間來 (十七版)
4 到陰間去 (十七版)
5 遊戲 (三版)
6 陰差陽錯 (十五版)
7 禍根 (十八版)
8 生死鎖 (四版)
9 陰魂不散 (十一版)
10 許願 (十五版)
11 還陽 (八版)
12 運氣 (八版)

倪匡科幻系列

1 消失女神 (八版)
2 離魂奇遇 (六版)
3 困獸 (三版)
4 夜光 (三版)
5 神話世界 (六版)
6 妖偶 (二版)
7 四條金龍 (二版)
8 飛焰 (四版)
9 魔像 (四版)
10 鬼鐘 (四版)
11 通神 (四版)
12 蛇神 (四版)
13 火鳳 (四版)
14 異人 (四版)
15 怪頭 (四版)

奇幻系列

△1 轉世 余 過著 (五版)
2 隔世冤 寬 齋著 (三版)
△3 殘酷蜜月 余 過著 (五版)
4 陰陽證 寬 齋著 (三版)
△5 重返前生 余 過著 (四版)
6 鬼惑 商魂布著 (二版)
7 公主墳 史國艮著 (二版)
8 追魂劫 商魂布著 (二版)
9 血誘 寬 齋著 (二版)
□10 血雨艷桃紅 張 宇著 (四版)
□11 十世仇 張 宇著 (二版)
12 老床 史國艮著 (二版)
13 電話追命 商魂布著 (二版)
14 鬼太郎 寬 齋著 (三版)
15 鬼日記 余無語著 (三版)
16 寡婦咒 靈 子著 (一版)
17 屋邨猛鬼錄 李大幫著 (三版)
18 鬼拳王 余無語著 (三版)
19 鬼爺爺 商魂布著 (一版)
20 卜命 寬 齋著 (三版)
21 鬧房 史國艮著 (一版)
22 鬼妾 寬 齋著 (二版)
23 最後的化粧 高 青著 (一版)
24 蘭桂坊夜話 余無語著 (三版)
25 屍戀 靈 子著 (一版)

張宇玄幻系列

1 血雨艷桃紅 (四版)
2 十世仇 (三版)
3 鬼媒 (二版)
4 摸骨 (三版)
5 戲班 (一版)
6 馬季開鑼 (二版)

* 即將出版

△見余過四人夜話系列

□見張宇玄幻系列

余過四人夜話系列

1. 轉世 孔　昭著 （五版）
2. 殘酷蜜月 （五版）
3. 重返前生 （四版）
4. 偷魂 （三版）
5. 枕邊魔劫 （三版）
6. 殺頭遊戲 （三版）

多情系列

1. 三生石 孔　昭著 （三版）
2. 今夜沒有約 嚴　沁 梁鳳儀等著 （三版）
3. 絕對討厭的女孩 羅穎思著 （一版）
4. 鬼城 賈平凹 梁鳳儀等著 （三版）
5. 女兒經 程乃珊著 （二版）
6. 雲水依依 夏小詩著 （二版）
7. 道是無情 汪曾祺 羅芙榮 梁鳳儀等著 （二版）
8. 燃燒彩虹 孔　昭著 （三版）
9. 魔少年 吳敬子著 （一版）
10. 月夜傳奇 孔　昭著 （三版）
11. 再見茉莉 孔　昭著 （三版）
12. 紫女 孔　昭著 （三版）
13. 過把癮就死 王　朔著 （一版）

嚴沁浪漫系列

1. 夏之迷惑 （三版）
2. 無情谷 （四版）
3. 也是重逢 （二版）
4. 盈雪 （三版）
5. 長街 （二版）
6. 沉沉黑夜 （二版）
7. 燈火闌珊處 （三版）
8. 不死的夢 （四版）
9. 餘情未了 （三版）
10. 玻璃命 （二版）
11. 此岸彼岸 （三版）
12. 該不該讓他知道 （三版）

寫眞小說系列

1. 還似無情 張寶兒著 （三版）
2. 嫁後 張寶兒著 （三版）
3. 撲蝶 張寶兒著 （一版）
4. 回首已三生 張寶兒著 （三版）
5. 塵緣 張寶兒著 （一版）
6. 婚姻大事 張寶兒著 （三版）
7. 又是曾經 張寶兒著 （三版）

奇案系列

1. 撕票 林　蔭著 （一版）
2. 千里追兇 捍衛者著 （一版）
3. 城市戰爭 捍衛者著 （一版）

推理小說系列

1. 重殺 施　雨著 （一版）
2. 噬人 笹澤左保著 林敏生譯 （一版）
3. 丸之岬奇案 吳民民著 （一版）

＊即將出版

名家系列

1 冬雨 王 蒙著 （一版）
2 男男女女 王安憶 張辛欣等著 （一版）
3 小人物自述 老 舍著 舒 乙編 （一版）
4 風過耳 劉心武著 （一版）
5 冰心九旬文選 冰 心著 （二版）
6 表姐 王 蒙著 （一版）
7 藍夜叉 劉心武著 （一版）
8 裸雪 從維熙著 （三版）
9 小販世家 陸文夫著 （一版）
10 活佛 高 澍著 （一版）
11 柏克萊傳眞 陳若曦著 （三版）
12 走出細雨濛濛 陳若曦著 （三版）
13 關於女人 冰 心著 （一版）
14 關於男人 冰 心著 （一版）
*15 老舍英文書信集 老舍著 舒乙譯註

智慧系列

1 墨趣 謝宏中著 （一版）
2 箴言精選（增訂版） 何文滙著 （一版）
3 王子復仇記 何文滙著 （一版）
4 論道德的起源 尼 采著 周 紅譯 （一版）
5 藍田日暖 蔡炎培著 （一版）
6 藝壇藝談 徐子雄著 （一版）

漫畫系列

1 六韜 王宣銘著 （一版）
2 智囊 王宣銘著 （一版）
3 三十六計 王宣銘著 （一版）

經濟日報叢書

1 高官厚錄 陳毓祥等訪問錄 （三版）
2 力爭上游 姜趙玉蓮著 （三版）
3 人生網絡 麥華章著 （一版）
4 自強不息 姜趙玉蓮著 （二版）

名門望族系列

1 列根夫人與星象學 秋 紅著 （一版）
2 香港女富豪列傳 方曉雲著 （三版）
3 富豪第二代 韋昌汶著 （一版）

投資企管系列

1 香港股票投資勝着 譚廣流著 （五版）
2 炒蚊股致勝術 古鎭煌編 思 敏著 （三版）
3 股票入門 鄧曾瑞紛著 （三版）
4 中國投資手册 初保泰著 （三版）
5 九十年代推銷術 燕 冬著 古鎭煌編 （二版）
6 賺錢與花錢 古鎭煌著 （三版）
7 英國地產．投資指南 燕 冬著 古鎭煌編 （二版）
8 小國投資創富 任枝明著 （二版）
9 東歐投資先鋒 張志誠著 （三版）
10 投資啟示錄 錢炳恩著 （二版）
11 中外合營投資效益分析 蒲明書著 （二版）
12 中國外銷樓盤大全 韋昌汶著 （二版）

* 即將出版

散文系列

1 不甘寂寞　邵國華著　（二版）
2 八方羣英　岑逸飛著　（二版）
3 廣告高興坊　潘啟迪著　（二版）
4 過眼雲烟　林　洵著　（二版）
5 兩談食性　王亭之、姚香雄著　（二版）
6 倪震的心　倪　震著　（二版）
7 你不是我最好的朋友　鄭世安、林竺霓著　（二版）
8 彷彿是昨天　黃　霑著　（三版）
9 妙不可言　朱維德著　（二版）
10 奇聞異錄　可　飛著　（二版）
11 兩重腳跡　王亭之著　（二版）
12 二水集　梁鳳儀、舒　非、林　洵著　（二版）
13 外交趣聞　徐行舟編著　（二版）
15 芳草遍地　陳左洱著　（二版）

梁鳳儀散文系列

1 財來自有方　（七版）
2 誰可叮嚀　（三版）
3 再戰江湖　（三版）
4 不記當年　（三版）
5 心想事成　（三版）
6 勝者爲王　（三版）
7 一言驚醒夢中人　（三版）
8 行政秘笈　（四版）
9 這就是梁鳳儀　（三版）
10 在商言商　（三版）
11 海峽兩岸的梁鳳儀　（三版）
＊12 有錢萬事足
＊13 女兒有淚不輕彈
＊14 大男人與小女人

梁鳳儀財經小說系列

1 醉紅塵　（十七版）
2 九重恩怨　（十五版）
3 花魁劫　（十四版）
4 信是有緣　（十六版）
5 鎖清秋　（十三版）
6 惆悵還依舊　（十版）
7 飛越滄桑　（十版）
8 異邦紅葉夢　（十版）
9 笑春風　（十版）
10 昨夜長風　（十版）
11 誓不言悔　（十版）
12 激情三百日　（十版）
13 花幟　（十六版）
14 强人淚　（十一版）
15 今晨無淚　（十一版）
16 誰憐落日　（八版）
17 抱擁朝陽　（八版）
18 紅塵無淚　（八版）
＊19 洒金箋
＊20 當時已惘然
＊21 有鳳來儀
＊22 不再歸航
＊23 世紀末的童話
＊24 大風暴
＊25 還我公平
＊26 灩藍天
＊27 西風逐晚霞
＊28 天債
＊29 裸情
＊30 心濤
＊31 殺戮情緣
＊32 大家族

＊即將出版

親愛的讀者們：

希望你們會喜歡勤十緣出版社的書籍。我們努力從事出版事業，若要有理想成績，必須獲得你們的支持、指導和勉勵！

尊重讀者的意見是我們工作的宗旨，因為沒有你們的關懷，我們不可能進步。懇請你們把以下的表格填寫，剪寄：香港鰂魚涌華蘭路14號益新工業大廈18樓B座，勤十緣出版社收。

我們也會定期跟讀者保持聯絡，向你們報導有關本港暢銷書的出版情況、勤十緣出版社的新書以及聯同屈臣氏書店或香港各大書店舉辦的讀者活動。敬祝

身心愉快！

梁鳳儀

一九九二年六月一日

……………………………………✂……

敬請讀者填寫以下表格（請以英文正楷填寫）

逕寄：香港鰂魚涌華蘭路14號益新工業大廈18樓B座勤十緣出版社收

姓名：＿＿＿＿＿＿＿＿＿＿

性別：＿＿＿＿＿＿ 年齡：＿＿＿＿＿＿

地址：＿＿＿＿＿＿＿＿＿＿

＿＿＿＿＿＿＿＿＿＿

電話：（公司）＿＿＿＿＿＿＿＿

（住宅）＿＿＿＿＿＿＿＿

傳真號碼：＿＿＿＿＿＿＿＿

意見：＿＿＿＿＿＿＿＿＿＿

＿＿＿＿＿＿＿＿＿＿

勤十緣出版社